向汶川地震捐赠者汇报

中国扶贫基金会◎编

众人的力量

中国扶贫基金会汶川地震救灾纪实

中华工商联合出版社

图书在版编目（CIP）数据

众人的力量：中国扶贫基金会汶川地震救灾纪实 ／

中国扶贫基金会编．--北京：中华工商联合出版社，

2011.5

ISBN 978-7-80249-814-3

Ⅰ.①众…Ⅱ.①中…Ⅲ.①纪实文学-中国-当代

②抗震救灾-概况-四川省-2008 Ⅳ.①I25

中国版本图书馆CIP数据核字（2011）第055627号

众人的力量

作　　者：中国扶贫基金会 编

策　　划：方　伟

责任编辑：李建科

封面设计：回归线

责任审读：李　征

责任印制：迈致红

出版发行：中华工商联合出版社有限责任公司

印　　刷：北京米开朗优威印刷有限责任公司

版　　次：2011年5月第1版

印　　次：2011年12月第2次印刷

开　　本：787mm×1092mm　1/16

字　　数：120千字

插　　图：213幅

印　　张：15.5

书　　号：ISBN 978-7-80249-814-3

定　　价：48.00元

服务热线：010-58301130

销售热线：010-58302813

地址邮编：北京市西城区西环广场A座

　　　　　19-20层，100044

http：//www.chgslcbs.cn

E-mail: cicap1202@sina.com（营销中心）

E-mail: gslzbs@sina.com（总编室）

大爱呵护——众人的力量

2008年5月12日发生在以四川汶川、北川为中心的8.0级大地震，使江河断流，大地失色，近10万人失去生命，数百万人失去家园，天地哭泣，千村萧索，其震慑和伤痛至今仍深深烙印在华夏儿女的心头。

大灾发生后，除了政府主导性的救灾之外，全体人民实现了前所未有的总动员，共捐助款物760多亿元，300万志愿者充分动员，有无数的社会精英通过自组织救灾等，谱写了中华民族民间救灾的可歌可泣的新篇章。但由于长期被垄断的救灾体制因之长期发育不足的民间力量和社会组织，导致资源未能合理有效配置，致使充满大爱的760亿元捐款中80%只能回到政府账户，变成额外的税收和冰冷的行政拨款，没有起到爱心传递和催生社会转型的作用，留给我们太多的遗憾和反思。

中国扶贫基金会作为非政府——社会组织大家庭中的一员，完全经历、践行和见证了这一历史过程，将自己三年动员的共4.87亿元（含抗震救灾3.03亿和救灾专项资金1.84亿）捐款直接送到灾民的手中，并通过紧急救援、过渡安置、灾后重建、灾后援助四个环节的项目设计，与灾民、捐赠人、基层组织、草根组织、志愿者、各种专业人员和媒体、学者、地方政府等，进行了全面的项目合作与深入互动。其中紧急救援阶段投入1.2亿元，过渡安置阶段项目2800万元，灾后重建项目1.9亿元，以爱心包裹、营养餐和心理抚慰为代表的灾后援助1.5亿元。

中国扶贫基金会在这一过程中，坚持与各方（包括政府）合作共赢的原则行事，但拒绝将款项简单打给地方政府来完成大爱的传递，以证明我们是一个能够值得捐赠人托付大爱并在社会媒体等监督下，公开透明完成捐赠大爱传递的非政府组织，用行动为中国扶贫基金会和公益组织塑像，用行动传递大爱，呵护大爱。

《众人的力量》这本书，记录了中国扶贫基金会的各位同仁与我们的合作伙伴——捐赠人、媒体、名人明星、志愿人员、草根组织、基层干部、各种专业人士，在这一历史进程中行动的瞬间记录和心路剪影，不是理性升华的鸿篇巨著，而是心灵感应的真实记录。它也许可以告诉世人，原来公益需要这样做，原来大爱出世不简单，大爱传递和大爱呵护同样不简单。它也许可以启迪公益人，当大灾发生时，我们的位置应当在哪里？当中央电视台举牌——捐款——照相后，我们的位置又应当在哪里？当紧急救援结束后，我们的位置又应当在哪里？至于这些行动背后的管理、思考、研究、组织使命与战略，以及十年磨一剑的内功，则应当从本书之外去寻找。

"5·12"留给我们太多的伤痛，太多的遗憾，太多的精神财富，但愿也能留给我们更多的思考。尽管那场灾难与我们渐行渐远，但其他灾难的阴影却时刻徘徊在我们的身旁。中国的现代化进程带给了全球很多惊喜，也带给了国人骄傲。可是当我们的汽车拥有率刚到1.5%（美国为78%）时，中国就成了全球第一大汽车消费市场，汽油进口和消费直逼美国目标。简单的计算结果令人震惊，人类从来没有处理过10多亿人要进城居住和开汽车的庞大数学难题，更可怕的是还有不断攀升的人口增长和中国式现代化攀比。结果如何，超乎我们的想象。至于不断出现的"5·12"式灾难和更大的人类灾难的深层原因何在？这更加超越了人类的想象和控制能力。可是我们是否可以对我们的发展模式、生活方式、幸福标准和感觉，进行思考、反省和探索？我们准备好应对这一切了吗？人间大爱、地球大爱的呼唤、传递与呵护，我们时刻准备着吗？

中国扶贫基金会执行副会长　何道峰
2011年5月，纪念"5·12"汶川大地震三周年前夕，于北京双榆树

目 录

第一部分

快速反应 紧急救援

2008年5月12日14时28分，四川省汶川县发生里氏8.0级的特大地震，给人民生命和财产造成了巨大的损失。从这一刻起，中国扶贫基金会遵循自身使命的指引，响应灾区人民的呼唤，以最快的速度，尽全力动员社会各界力量，投入到了这场可歌可泣的生命大救援，以及随后的翻天覆地的家园重建之中。

国务院新闻办公室根据国务院抗震救灾总指挥部授权发布的数据显示，截至2008年9月25日12时，四川汶川地震已造成69227名同胞遇难、

⊙在绵阳九州体育馆内临时避难的灾民，失去亲人令他们伤心欲绝

17923名同胞失踪。涉及四川、甘肃、陕西等10个省、自治区、直辖市417个县（市、区）、4667个乡（镇）、48810个村庄；需紧急转移安置受灾群众1510万人，房屋大量倒塌损坏，直接经济损失8451亿多元。

【第一时间行动】

5月12日下午，中国扶贫基金会快速启动灾害应急预案，在灾区消息不确定的情况下，密切关注灾情发展。5月12日22点，中国扶贫基金会携手新浪网联合发起"我们和你在一起——汶川地震紧急救援行动"捐款倡议书，面向社会发出呼吁，全力筹款，救助灾区同胞。

◎ 紧急救援体系（秘书长　王行最）

从"5月11日"那天说起吧。2008年5月11日是母亲节，那天我们组织了一个盛大的晚会，是我会母婴平安120项目的一个募捐的活动。5月12日我没有在北京，一大早就去湖北恩施参加当时我会与中央电视台合作的"新长城阳光操场"项目的拍摄。中午的时候在武汉转机去恩施，我的一个朋友说四川发生地震了，让我看一下。当时正好有电脑，就上网查，我记得是搜狐网的报道，

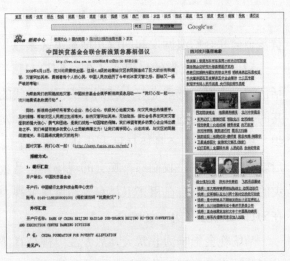

⊙中国扶贫基金会联合新浪紧急募捐倡议_新闻中心_新浪网

⊙救援人员向八角镇天桥村村民询问统一规划修建住所的事宜

⊙调研小组在甘肃文县铁楼乡上墩下村调查灾情

说四川汶川发生了地震。几分钟后，我接到段应碧会长给我打来的电话，要我密切关注，并考虑是否启动紧急救援响应机制。

因为要上飞机，没有办法，就给常务副秘书长刘文奎发了短信，告诉他马上研究一下，考虑是否采取行动。到了恩施当晚，中央电视台已经开始直播了，我一直关注着这件事，和北京的刘文奎、杨青海（副秘书长）等同志研究决定启动紧急救援响应机制，晚上10点，就发出了第一份由中国扶贫基金会联合新浪网发起向汶川地震灾区紧急救援的倡议书。

5月13日去成都的机票买不到。5月14日，刘文奎率领一班人马，包括伍鹏、王军、汤后虎等人赶到了灾区，前线的信息每天不断地传回来。其间，我跟我们的合作伙伴打了很多的电话，发了很多短信，包括美慈组织、毕马威等等。5月15日早上我从恩施一个偏远的县赶回来，到了北京后就直奔会场——我们慈善晚会的现场，这是我们发起的汶川地震抗震救灾的晚会。我们自己租了卫星车，与凤凰卫视、黑龙江卫视合作，此后又在5月17日举办了第二场晚会。

两场晚会影响力非常大，黑龙江卫视是直播的，凤凰卫视是延播，联动了其他省级电视台共同播出。我们的晚会肯定是举办得最早的。我们之所以能够迅速行动，有几个方面的原因：从2002年以来我们就设立了紧急救援部，已经有一个成熟的团队和成型的体系，而且在扶贫基金会内部我们建立了一个紧急救援行动委员会。委员会的主任就是基金会的会长，有一个4人小组决策机制，一般规模不是很大的救援，几个人决策就开始行动了，汶川地震灾情特别严重，段会长了解到情况以后直接指挥，我们快速研究并反应，决策体系发挥了重要作用。

我们紧急救援体系每年都在研究跟踪，可能会出现什么样的灾害，根据灾害的程度，跟民政部联动，民政部有四级响应机制，我们观察国家对灾害的响应级别，再做出自己的判断。如果灾情特别重大的，我们就全会动员，如果是情况一般的就交由紧急救援部负责，除筹资部门外其他部门不参与紧急救援行动。

2008年初的南方雪灾，我们已经经历了一轮演练，那一次我们是第一个响应的。当时媒体在报道，政府在关注，我们预感这场雪灾带来的后果可能非常严重，就启动了紧急救援响应机制。记得是1月29日我们开年会的时候，紧急救援部门就问这个事情是否响应，当时我们几个人一碰头，

⊙紧急救援物资储备库

5

研究了灾情，就决定响应，并根据灾情的规模，决定先提供2000万元的救灾物资。回到办公室时，被中央电视台的记者堵在门口，记者好奇地问我们为什么响应那么快。

我们先向社会公布，至少提供2000万元的救援资金和物资，帮助受雪灾影响的灾民。紧急救援开展了那么多年，我们还建立了一个物资储备制度，在北京、天津、武汉各有一个仓库，因为紧急的情况下，钱和物资都没有捐过来呢，如果快速反应就需要有事先的物资储备，可以随时调用。

南方雪灾中，筹集的资金和物资5000多万，在公益机构里面是比较多的。因为雪灾的快速响应，我们的队伍又得到了一次锻炼，同时积累了一批捐赠人。汶川地震发生以后，很多人紧急响应支持，我们已经有一批比较忠实的客户，还有些人是直接找上门来，这些都说明了基金会的影响力在不断提升。

多年来，我们在组织大型的活动包括公益晚会、慈善晚会等方面积累了很多经验，包括跟中央电视台、地方电视台合作，所以能在这么短的时间内举办了两场晚会，比中央电视台还早呢。两场晚会筹集了起码五六千万元善款，有许多是事前就承诺的，到晚会后受到感动再次追加，比如说诺基亚原来只说捐赠一两百万元，到现场受到气氛的感染，决定追加到1000万元。

◎ 紧急救援行动协调会纪要（第1号）

2008年5月13日，刘文奎常务副秘书长召集紧急会议，协调我会紧急救援四川地震灾区行动。

出席人：杨青海、李利、秦伟、唐玲、华克、张雅静、丁亚东、问会芳等。

5月12日下午2点多，四川省汶川县发生强烈地震，我会联合新浪网紧急启动救援行动。自今晨项目启动以来，各界反响热烈，热线电话此起彼落，紧急救援与已经于4月24日启动的"圆梦2008"公益行动都成了社会关注的焦点。为统一认识、统一步调、统一协调，刘文奎常务副秘书长专门召集会议，就部门间配合、电话热线管理、客户维护及央视成本等问题进行布署。具体意见是：

1. 客户维护：今晚央视将播出救灾专题节目，5月14日中午12点之前，所有客户由紧急救援部管理，5月14日12点之后，由资源开发部汇总客户信息并负责联系维护客户。

2. 资源开发部和紧急救援部分别记录、统计每天的客户捐款信息，分别记录认捐、到账资金情况，捐款统计额以认捐书为准，并于每天下午6：00提交到问会芳处汇总，并在新浪及本会网站上公示。

3. 不论是资源开发部还是紧急救援部，与外界联系或接听电话，活动宣传及筹款口径要统一到"抗震救灾捐款"这一概念。

4. 凡有关文字宣传材料，向新浪网提供的，由刘文奎签发；向电视台提供的，由李利签发。

◎ 在汶川地震紧急救援行动的日子里（紧急救援项目部）

无论对个人还是对紧急救援部，2008年，注定是不寻常的一年。

两个月的南方雪灾救援行动，使大多数同事都无暇在春节回家与亲人团聚；5月初，热带风暴又席卷我们一衣带水的邻邦——缅甸，与新浪网发布联合救援行动倡议后，整个团队又投入了紧张的救援行动中，短短两天，公众捐款数就达到了30多万元人民币。正当积极联系怎样把药品、净水器等灾区急需的物资尽快发运到缅甸时，我们没有意识到，一场对国家、民族及我们小团队都非常严峻的考验正在悄然酝酿，正在迅速逼近。

⊙前往基金会现场捐款的公众络绎不绝

⊙留学生现场捐赠

记得通知我们!

5月12日下午，隐约中感觉地面晃动了一下，因忙着联络缅甸使馆及当地救援机构将救灾物资运至缅甸，根本来不及多想这一晃意味着什么，忽然间办公室热闹起来，有人说北京通州发生了地震，继而听说四川地震，赶紧上网查实相关信息，四川地震，震中汶川，7.8级⋯⋯

从事救灾工作的警觉性让我们迅速通过网络、电话了解核实灾情。此时，合作伙伴和捐赠企业也纷纷打来电话：

——慈福行动的小James：“成都办公室的同事说汶川发生地震了，中国扶贫基金会要不要救？如行动，记得通知我们！”

——耐克公司的俞菲：“我刚听同事说四川汶川发生地震了，情况很严重，你们有什么行动吗？我们的员工很关注。”

——上海美商会的Oliver：“如果你们对这次地震有所行动，记得通知我一下，我好发动我们的会员企业。”

——伊斯兰国际救援组织驻中国代表马成祥：“四川地震你们有什么救援行动？我们总部问需要什么支持。”

——如新集团的蒋莉：“四川灾区情况怎么样？有什么需求？需要我

们做什么？我们在香港开如新大中华区年会，有消息及时告诉我。"

……

马上联络四川，但电话信号已经中断，"飞往成都的航班被取消了"。种种情况显示，一场严重的自然灾害已经向我们袭来。当看见12日《新闻联播》播报温总理已乘飞机紧急赶赴灾区时，会领导直接指挥的紧急救援响应行动已箭在弦上：迅速联络捐赠企业和合作伙伴，请其筹措地震灾民急需的食品、帐篷等物资和救援资金；紧急救援先遣组已紧急准备奔赴灾区，进行灾情实地评估救援；紧急联合新浪网向社会发出汶川地震救援行动倡议……

集结号在子夜吹响

新浪网作为新闻报道的专业网络平台，通过与我会紧急救援项目在雪灾和缅甸救援的合作，已形成了一套非常迅速的救援响应机制，双方已非常熟悉彼此的工作节奏和要求。

当12日晚《新闻联播》后，听到会领导的紧急救援行动指令，紧急联络新浪公益的负责同志，双方非常迅速地达成合作。新浪公益的负责人说：尽快把相关倡议书等文件发给我，相关资讯发出后，我再离开办公室。

待准备好救援行动倡议书、认捐书等文件时，时针已临近子夜十一点。立刻将与领导沟通后的文件通过电子邮件发出去，几分钟后收到新浪回电："我们马上与中国扶贫基金会共同对外发布救援行动倡议。关于这此救援行动的主题与缅甸救援行动区分一下，就用'我们心在一起'吧！"

⊙老人来到基金会进行现场捐赠

9

众人的力量 ——中国扶贫基金会汶川地震救灾纪实

⊙孩子在妈妈的带领下来到基金会奉献爱心

子夜11点，中国扶贫基金会发出汶川地震救援活动的倡议链接出现在新浪网的首页上，我会成为第一家对汶川特大地震发起救援倡议的全国性NGO组织。

5月12日夜晚，注定成为一个不平凡的夜晚，散发着一场大仗来临前的紧张气息。网上信息发布的第一刻，还在赶回家的出租车上，工作人员的手机就响了起来。无数各行各界的朋友们打来电话，希望能帮助我们出一份力，为帮助灾区、帮助灾民多做点儿事情。

5·12汶川地震，是基金会紧急救援项目成立以来所遭遇的前所未有的自然灾难，但在活动倡议发出的那一刻起，我们就深深地感受到：我们与各行各界的朋友们紧紧地站在一起，面对这场深重的自然灾难，我们并不孤独，我们心在一起！

要是同时能接听几个电话就好了

紧急救援行动一启动，基金会里最最火热的，莫过于捐助热线了。

因为紧急救援部在年初雪灾救助、缅甸救援活动的热线电话都是通过新浪网对外公布的，许多捐赠人对我部62561633的捐助热线极为熟悉。尽管公布了会里的统一接收捐赠电话，但紧急救援的直线和各分机电话此起彼伏，不停地响着，表达着对灾区灾民的热切关爱。"我要为灾区捐款"、"我申请到灾区做志愿者"、"我们要为灾区捐衣捐物"、"我要领养孤儿"……来自全国各地各个行业的捐赠者打进热线无一例外都是直奔主题！没有质疑，不提条件，带来了他们对灾区同胞的慰问和支持！

⊙自5月13日开通的24小时捐助热线成为中国扶贫基金会与公众互动的重要平台，图为忙碌中的热线接听志愿者们

　　为接听更多的电话，筹集更多的资金和物资，我们团队中说话最慢的同事都强迫自己加快接听语速。为不漏掉一个电话，为尽快完成捐赠手续，每次接听热线都会首先询问捐赠人的联系方式，记录下来，然后用自己的办公分机电话或是手机打给捐赠人完成捐赠，尽量缩短热线电话的占线时间。

　　接听热线、询问捐赠方联系方式、回复电话、讲明账号、询问物资的品质和运输方式、办理捐赠手续……几天下来，许多同事耳朵都处于很紧张很敏感的状态，明明没有电话，可耳朵里经常听见电话在响。

　　忙碌和压力成了在抗震救灾的日夜里所有工作人员的感触。大家几乎没有时间休息、没有时间喝水、没有时间吃饭、嗓子哑了也没有人离开工作岗位，一天只有几小时但仍会被手机铃声不时叫醒的睡眠时间，几近连轴转地工作。支撑这种状态的信念只有一个：我们多辛苦一点，灾区同胞得到的救援就会多一点！我们是在和时间赛跑，是在和生命救援赛跑！

◎ 救灾记录（紧急救援小组成员 伍鹏）

夜访都江堰

5月14日抵达成都后，紧急救援先遣队一放下行李，刘文奎副秘书长就带着辛老师和王军前往省扶贫办开碰头会。我留下来联络记者。中国网的两位记者和我们同车，《人民日报》和人民网的记者开车随后也和我们汇合了，到成都后，我们又联络了中央电视台的两位记者，听说我们要去灾区发放物资，他们也决定一同前往，我们的记者队伍上升到6位。

刘副秘书长开完会之后，计划发生了改变。听扶贫办说，今天去绵阳、北川灾区发放物资的道路不通，只能明天去。但是，今天要去拜访设在都江堰的四川省抗震救灾指挥部。在此之前，我们要去与捐赠合作伙伴国际美慈组织见面，讨论在四川合作开展救灾。时间已经到了下午5:00，我们与美慈会谈是在快餐桌上完成的。

等正式出发去都江堰，已经到了晚上7点，这时天已经渐渐地黑了，

⊙四川省扶贫基金会副会长兼秘书长蒋世伟（右一）向武警出示工作证保证我们的车辆通行

《人民日报》和中央电视台的3位摄影记者没有一起前往。与成都的平静气氛截然不同，在成都通往都江堰的高速公路上能明显感受到紧张和压力，这种气氛和距离与都江堰的远近成正比。在高速公路入口，警察对过往车辆进行检查，救灾车辆允许先行进入，一辆辆运送物资的车辆和伤员救护车辆疾驰而过。

随同我们前往的省扶贫基金会副会长兼秘书长蒋世伟向武警亮出他们省政府的工作证，我们的车辆得以畅行无阻。在车上，蒋会长介绍说已经按照中国扶贫基金会的要求，把温家宝总理接见的三名北川孤儿接到成都，明天准备送到北京参加救灾晚会。发现这个新闻点，人民网和中国网的记者立刻兴奋起来，他们马上用电话和北京总部联络安排与孤儿进行在线采访。

抵达都江堰是在晚上的8点左右。透过车窗可以看到，街上搭起了许多临时的简易帐篷，很多居民住在临时搭建的地震棚里；随处可见一队队的武警官兵在忙碌地搬运一些救灾设备；还有许多人在一些部分坍塌的建筑物前静静的等待着……此时天气也渐渐转凉了，王军出来时只穿了一件T恤，冻得浑身发抖，看见我背着一个小背包，马上主动要求让他背，以抵御夜晚的寒冷。

四川省抗震救灾指挥部临时搭建在都江堰体育中心，体育中心还是一个正在施工的工地，到处可以看见脚手架和堆放的建筑材料。虽然夜很深了，指挥部里仍然是一派忙碌的景象。隔着活动板房的玻璃窗，我们可以看见部队的军官们和省政府领导正在彻夜开会，部署救灾；负责通讯的工作人员正在安装卫星接收天线；负责后勤的工作人员借

⊙夜已深，指挥部还在彻夜开会

13

众人的力量 ——中国扶贫基金会汶川地震救灾纪实

着灯光在搭建帐篷；气象应急卫星车、地震应急车等多种专业应急设备在进进出出；来自四面八方的志愿者们也都在门前等待通知、整装待发。

由于下雨，指挥部所在的工地地面已经变得很泥泞，我们在里面深一脚浅一脚地走着，

⊙途中一名妇女正在向王军（左二）讲述自己的惊险经历

去拜访要会见的人。在积水比较多的地方，旁边停着的车会把车灯打亮，照着我们脚下的路，直到我们走过泥泞。在这种特殊时期，在灾区，我们时刻能感受到人们互相帮助、互相照顾、互相理解的本性。

在指挥部，我们先后拜访了国家地震局搜救中心的李克和四川省政府办公厅副主任何旅章，了解灾区目前救援开展的情况，并听取他们对基金会开展救援工作的建议。通过他们的介绍，我们了解到，因为当时还处于地震发生72小时之内救援的黄金时期，都江堰指挥部的工作重点是抢救生命，调派部队到还没有外援进入的灾区。而接收和安排救灾物资的部门设在成都，其实省扶贫办也是组成机构之一。

当天晚上，基金会已经筹集资金、物资4000多万元，是基金会开展紧急救援项目以来单日募集资金最多的一次，当刘副秘书长告诉何副主任我们的可以救援的资金时，他认为是一个大数目，就去找正在开会的副省长，希望他能出来会见我们。尽管副省长因为会议讨论的问题更为重要，没有出来，他也让何副主任对我们表示感谢。

随后，我们又来到大街上，都江堰城区除了一条主干道有路灯外，大部分地区处于黑暗之中。城区的房子基本都成了危房，完全坍塌的房子也不少；在一条叫太平街的路口，巨大的起吊机在探照灯的强光下，对被埋在垮塌楼房里的人员进行施救。街道两边的商店、宾馆的玻璃窗都被震

14

碎，撒落的满地都是。没有坍塌的房子墙体基本上是裂痕累累，成为危房，空空如也，没有一点生机。

在路上，我们遇见了一队大学生志愿者，他们在黑暗里照顾年老和年幼的灾区群众。与他们交谈了一会，我们了解到目前灾区方便食品和瓶装水很紧缺。和我们交谈完后，他们手拿着小旗帜，继续有组织地在黑暗中巡逻，对他们来说，那晚肯定是不能睡觉了。

我们还遇到一个60岁左右老汉，他说他的女婿还埋在废墟里，说着说着就哽噎了。后来，又遇到一名三十来岁的妇女，她是超市售货员，说地震的时候她正从二楼下到一楼，感觉到楼梯在晃，她说开始还想以调皮的口吻告诉同事说："刚才地震了！"然而地震却越来越强烈，她只有夺路而逃了，而她背后是轰轰的房屋倒塌声。她告诉我们她在学校读书的侄女被埋了，说着就开始抹眼泪。她的家也成危房了，现在已经被封锁，不让进屋子了。

经过一天的实地调查，我们发现救援工作现在面对很多新的挑战。按原计划，我们打算在成都大量采购灾区急需的物资并及时进行发放，但实际情况是成都现有的物资已无法满足采购的需求，因而，紧急救援先遣队决定把采购的地点定在离成都最近的重庆。同时，鉴于灾后重建也是一个至关重要并且需要大量人力物力投入的工作，我们决定采纳四川相关方面的建议：把一部分原准备购买急需物资的资金用于灾后重建。

5月15日，紧急救援先遣队将兵分两路，一路前往重庆采购物资，一路继续在灾区调查灾情和灾民需求。

摇晃的宾馆

5月15日，我负责的灾区调研小组在距离北川县城3公里的地方受阻，没有进入被山体滑坡掩埋了三分之二的县城。5月16日，基金会总部传来山东孚日集团向灾区捐赠价值105万元的毛巾被和太空被，其中70万元的物资由孚日集团国内贸易公司总经理李爱红亲自押车运往青川灾区。当时，运货的大卡车从山东出发经陕西进入四川的广元，李爱红总经理计划从成都出发与车队在广元集合。

◎5月17日，孚日集团国内贸易公司总经理李爱红（左）亲自押车至余震频发的青川县

　　得知此消息后，我与中国网的两位记者和基金会紧急救援部聘请的摄影记者张力及他的女朋友决定租车前往。5月16日下午，我们在成绵高速的入口与李经理汇合，我坐上了李经理的车。在车上，我了解到，孚日集团是一家家纺企业，从1995年的几十个人的集体小厂，发展到2008年年销售额达到85亿元的上市公司。公司发展壮大了，也积极承担起企业的社会责任。此次听说汶川发生大地震，公司马上组织了员工捐款活动，并捐赠了全新的公司产品派出车队送抵灾区。为了确保善物安全及时送达灾区，公司为3辆车配备了6名司机，并且配备了两名修车的技师，日夜兼程从山东赶到灾区。在与李经理的谈话中，我深深地感受到，逐渐壮大的民营企业在国家遭受灾难的时候，逐渐成为中国社会发展的一支重要的生力军，它们不但有责任心，而且有能力担当责任。这在以后的救灾中，我从大量捐款捐物给基金会的民营企业中，越来越感受到它们的爱心和力量。

　　我们到达广元时已经天黑，广元不是震中地区，房屋倒塌不严重，但是很多房屋都震出了裂缝，况且当时余震不断，当地人都露天搭帐篷睡觉。我们找了半天，才找到一家营业的宾馆。随行的记者看到宾馆房屋宽宽的裂缝，就决定不住宾馆的房间，而改在车里待一晚上。其实现在回想起来，这并不奇怪，因为宾馆的服务员也都在院子里露天睡觉。由于连日的疲惫，我和孚日集团的工作人员还是决定住进了房间。吃过晚饭，大家商量好第二天早上7点出发前往青川。

我一躺下，就睡着了。中间迷迷糊糊感觉房间在晃动，但是由于实在太困了，也没有太在意。然而，在凌晨4点的时候，我被床头的电话铃声吵醒，电话那头，传来孚日集团李经理急促的声音："伍记者（我因为胸前挂着相机，她一直以为我是记者），快起来吧，我们现在出发。"我赶紧用冷水冲了把脸，匆匆下楼，看见外面黑灯瞎火的，我一脸疑惑："改时间了，这么早出发？"李经理神情紧张地说："你没感觉到房子在晃吗？我们早点出发吧，听说去青川的路不好走。"这时，我才发现所有的人都已整装待发，他们根本就没有睡，只有我在摇晃的宾馆里还睡得挺香。

青川灾情考察

5月17日凌晨出发，在广元至青川78公里的山路上，险象环生，一路上我们看到很多车辆被滚石砸坏在路边，在很多地方出现塌方并不断有落石滚下。颠簸了6个多小时，上午11点我们终于抵达了青川。

到达青川县城后，我们直奔县政府。在县政府大院的一棵树枝上，挂着一个纸牌，上面写着"扶贫办新村办临时办公点"。接待我们的是县扶贫办主任李明杰，他心有余悸地告诉我们，地震发生时，他们正准备开会，房子摇晃时，大家还算清醒，都跑出来了，之后扶贫办两层的办公楼就震塌了。现在扶贫办因陋就简临时在树底下办公。

⊙山路上险象环生

青川县扶贫办主任："欢迎来扶贫办"

与李主任交接完捐赠物资后，我们提出要去重灾区看看。本来我们计划要去被媒体大量报道的木鱼镇考察的，但是由于当时还是生命救援阶段，路上军车很多，且余震不断来袭，去往木鱼镇的道路被堵。由于时间关系，我们只好就近选择孔溪乡作为考察点。

在孔溪乡，我们先走访了乡长，在乡镇府被震塌的楼房前，乡长一脸无奈地说，孔溪乡70%的房屋倒塌，其余的也是危房。由于人员伤亡很少，不是媒体报道的重点，外界救援物资还没有进入该乡。每天，他们眼看着一车车救援物资从门前经过，运往媒体重点报道的木鱼镇，作为乡长的他非常焦急："我们乡受灾也很严重，老百姓房屋倒塌，粮食没有抢救出来，现在急需帐篷、大米、食用油。"

⊙青川扶贫办新村办临时办公点

接着，我们又来到该乡的卫生所和学校考察，发现卫生所房屋虽然不能使用，但是医生们还是在露天临时搭建了帐篷，为老百姓提供医疗服务。在孔溪小学大门口，一个纸牌上写着："危险，禁止通行。"从侧门进入学校，只见教学大楼墙壁坍塌，教室里的课桌上满是砖块尘土，上面的课本还是翻开着的。由于教室没有完全倒塌，该校没有学生死亡。但是所有的房子都震成了危房，校长告诉我们，学校复课遥遥无期。

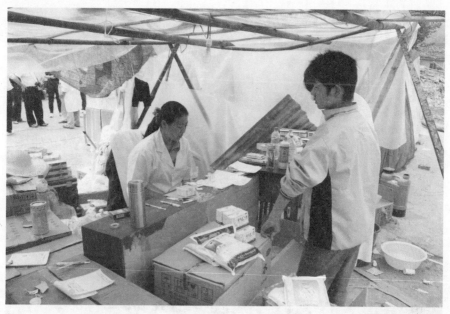

⊙青川功能齐全的乡医院

青川归来

从青川出来，我们得知由于从广元通往青川的道路非常艰险，已经被封锁不让社会车辆通行。从青川考察结束后，我们得到的结论是：一是灾区房屋损坏严重，在永久性住房建设之前，灾区急需要建设临时周转社区，包括能够保证灾区群众居住1～2年的临时周转房，配备学校、卫生所和厕所。二是非新闻报道热点的灾区，急需社会的关注。

◎ 在汶川地震紧急救援行动的日子里（紧急救援项目部）

家纺协会秘书长成了我们的志愿筹资者

2006年以来，中国家纺协会就成了紧急救援项目的坚强后盾。雪灾救援时，朱晓红秘书长为我们提供了一些大的家纺企业的名单，让我们一一联系落实捐赠。这次地震救援中，朱秘书长在我会发起救援倡议的第二天，就主动提出在行业内部发起倡议，向企业会员募集救灾物资并通过我会捐给灾区。她帮助我们落实好每家企业的捐赠，然后直接把家纺企业的

众人的力量 ——中国扶贫基金会汶川地震救灾纪实

◎家纺协会会员企业罗莱家纺为5.12汶川地震捐助的物资第一时间运抵灾区

电话报给我们。我们联系这些企业时，只是直接落实捐赠物资种类、数量、运输方式等技术环节的问题。这在很大程度上节省了人力，提高了工作效率。

此后，她还不断地打电话询问家纺企业的捐赠落实情况，并提供新的捐赠企业名单，她已经从捐赠方不折不扣地变成了我们的志愿者。这次地震救援中，有20多家知名家纺企业共计捐赠了价值2000多万元被服等灾区急需物资并自费运输到灾区。其中，80%的企业在南方雪灾救援时就已经通过我会向灾区捐赠过。

为什么选择捐给中国扶贫基金会？

为扩大地震救援的筹资规模，帮助更多的灾民渡过难关，除了接听捐赠热线，我们还主动联系大企业，希望更多的力量能加入到这次地震救援行动。

在联系外企时，我们发现，这次地震影响实在是太大了，许多外企早已接到公司总部命令，要求其积极参与抗震救灾工作。然而，很多大企业在救灾合作上都有全球战略合作伙伴如国际红十字会与红新月联合会等。如果这些中国子公司不选择该战略合作伙伴，就需要通过程序向总部提出特别说明。

诺基亚（中国）投资有限公司在年初雪灾救援中，就曾向我会捐赠了几十万元人民币。当时，我们将其捐款在第一时间采购物资发放给灾民，并迅速反馈了中英文项目执行报告及物资发放照片。诺基亚对我会紧急救援项目的执行能力非常满意。

当我们积极联络诺基亚（中国）参与地震救援时，其企业社会责任总监傅蕾倾向于将地震捐款通过我会捐赠给灾区。但是，诺基亚（中国）的钱不捐赠给其全球合作伙伴，作为诺基亚企业社会责任经理必然受到各方面的问责：为什么诺基亚这次要选择捐给中国扶贫基金会？为此，傅蕾女士和我们电话讨论了一个多小时，决定提交专门报告。她说，最青睐中国扶贫基金会的原因是其"专业"性：一方面，中国扶贫基金会对地震灾害的快速响应，显示了作为救援机构的救灾专业性和及时性，以及救援人员的洞察力和警觉度；另一方面，在以往救灾合作中，中国扶贫基金会不仅仅给其出具捐赠发票就了事，还主动向其提交英文项目反馈报告，报告不仅让诺基亚获得了丰富的项目执行讯息，还清晰体现了诺基亚对项目的支持标识，让非常重视民主决策机制的诺基亚员工给中国扶贫基金会打了很好的印象分。事实上，

⊙诺基亚（中国）投资有限公司企业社会责任总监傅蕾（右一）女士到援建村庄进行农房建设及社区产业发展项目考察

⊙悬挂在海淀剧院的巨幅宣传海报

诺基亚（中国）公司在之后参加的外企参与地震救援经验交流会时，也表达了对我会紧急救援项目执行与反馈能力的极大肯定。拜尔等公司也通过其他途径传达了对我会此次抗震救灾工作的肯定。

让更多人与我们一起感受救援的压力和挑战，感受助人自助的快乐

山崩地裂，江河痉挛，物毁人亡——用这些词来形容灾区的情形一点不为过。相比一般意义上的紧急救援，汶川地震救援前所未有地挑战我们的人力资源，挑战我们的体力和能力。因此，这次救援行动也成为我会成立以来最大限度地动员志愿者参与的救援行动。

著名话剧导演李六乙和他的团队都是四川人，希望能为家乡出点力。因此，他们希望借助自己创作的剧目，不仅自己捐款，同时号召更多的人捐款。5月18日，话剧《市井三国》剧组与我们联系，我们一拍即合。剧组为我们的捐款人提供200张免费票，用来发给来会里捐款的个人代表和已捐款的企业员工代表，剩余所有发售的票款，都无偿通过中国扶贫基金会捐赠给地震灾区。

5月22日在海淀剧院举行话剧《市井三国》义演，当日所得全部票房收入均通过我会捐助给四川灾区。为了答谢捐赠企业的支持，5月22日，我们邀请了爱心捐赠企业百胜餐饮集团（中国）事业部、李宁（中国）体育用品有限公司、毕马威华振会计师事务所、结信网络（上海）有限公司、黑龙江完达山乳业股份有限公司、北京兆泰置地（集团）有限公司、小洋人生物乳业股份有限公司、北京中创信测科技股份有限公司、CNETNETWORKS CHINA、香港摩根大通证券（亚太）有限公司、广东高尔夫频道有限公司、壳牌石油等企业的领导和员工代表和部分公众捐

款人观看义演。当场演出的导演和大多演员均来自四川，他们以自己的真切的演出、悲悯之心为家乡人民出力，感动了到场的观众，场外的募捐箱前排起了长队。作为组织者，我们要做的就是以最快的速度将他们的心意传递给灾区同胞。

最大规模的明星总动员

地震发生后，通过与新浪娱乐频道的联动，演艺界明星纷纷行动起来，范冰冰、陈凯歌伉俪、陈建斌伉俪、瞿颖、韩红、伊能静、陆毅伉俪、田亮伉俪、李冰冰等近百位明星积极向我会捐款捐物，参与到灾害紧急救助当中来。其中田亮、陆毅、瞿颖都亲自来会里捐款。救援活动启动仅仅两天的时间里，收到各界明星认捐达300多万元人民币。5月20日，新浪娱乐频道的主编再次联系我们，姜文决定联手浙江太子龙服饰有限公司向我会捐赠人民币300万元，用于灾区学校

⊙陆毅、田亮、黄维德到我会捐款

重建。当天正值全国默哀日的第二天，下午5点多，我们前去办理捐赠手续。途经天安门广场，气氛庄重肃穆，沉痛和哀伤显现在每个人的脸上。当我们穿着中国扶贫基金会"众志成城 抗震救灾"的文化衫在广场人群中穿过时，人们投来的是尊敬、信任、敬佩的目光。我们深知在地震灾害面前，中国扶贫基金会作为有效整合各种社会力量的平台，被广大人民群众寄予厚望。

我们要筹集灾区最急需的物资

5月15日，我会前线工作人员在重庆采买食品等第一批救灾物资发往灾区，随后大量救援物资通过各种方式陆续发往灾区。

但是，随着时间推移，灾区群众的其他需求显现出来。其中药品尤其是治疗外伤的药品非常紧缺。灾区的需求就是我们筹资团队的工作方向。

第一时间想到了长期给予我们支持的国药集团，马上联系朱主任。从电话中得知他正在四川组织抗震救灾药品的调拨和发放工作，他已经先后接到国家发改委4批调拨指令，已向地震灾区采购调拨抗震救灾医药物资3亿元，暂时没有剩余的物资调拨给我们。想到繁华的城市顷刻间变成了废墟，废墟下掩埋的鲜活生命的无助，工作人员的话语哽咽了，朱主任在电话那头坚定地说："我一定想办法！你们辛苦了！"

当天下午，我们又接到了朱主任的电话，他已帮我们通过其子公司募集到了价值100余万元的外伤药品，充分履行了国药集团"关爱生命、呵护健康"的企业理念和社会责任。第二天早上6点，国药集团员工组织装车并于上午8点准时将药品送到首都机场装运站，由北京瑞星信息技术公司向海航租借的两架飞机无偿地将救援药品送到灾区。我会价值1769万余元的药品、食品等急需物资于5月17

⊙国药集团捐赠我会的物资正在北京首都机场组织发运

⊙重庆吉奥汽车有限公司就近调拨两辆"帅舰90"SUV车用于支持基金会抗震救灾工作

日至26日全部通过飞机运达灾区。

要让前线的工作人员行动自如

5月18日，我会抗震救灾办公室在四川德阳设立，为确保救援工作的顺利进行，急需SUV救援工作用车。

得知此事，紧急救援部立即组织在网上收集SUV车型企业信息并逐一与其联系。当联系到吉奥汽车有限公司时，对方立即向公司领导说明情况，吉奥公司欣然承诺支持我会救援工作的用车。

吉奥公司充分考虑灾区路况，从重庆吉奥汽车有限公司就近调拨两辆"帅舰90"SUV车并派其工作人员亲自将两辆上了新车临时牌照，并以最快速度送到德阳办公室我会工作人员手中。

时间就是生命，时间就是希望。吉奥的两辆汽车给前线救援工作提供了极大的帮助。

早一天到达就能早一天帮助更多的人

地震发生后，四川境内大部分地区通信、通讯中断，供水、供电、道路交通等受到很大影响。为及时将救援物资运抵灾区，我们尽量与企业商量，请其直接将物资运往灾区，减少中间环节。大灾面前，大部分有能力的企业除了捐赠物资，还承担了无偿的运输任务。

救援初期，由于灾区情况复杂，物资接收地点和物资接收者都不明确，只能让企业先朝四川方向行进，在路上再与我会的物流人员随时联系，确定最终运达地点。为保证救灾物资安全到达灾区，与四川前线工作人员顺利交接，紧急救援部同时与几十家企业保持密切联系，及时跟踪运输状态。

即便如此，筹资活动刚刚一周时，就积累了相当一批企业无法自运的物资，包括水、食物、帐篷和衣物等，零散地分布在各地，而且在救灾特殊时期，很多车辆也无法自由进入灾区。

怎么办？我们坚信救援物资早一天到达灾区，就能早一天帮助更多需要帮助的人。这时，缅甸救灾时的合作伙伴——联合国世界粮食计划

⊙抗震救灾物资在前往成都的运输途中

⊙TNT集团的天地华宇集团为我会运送赈灾物资

署（WFP）向我们推荐了一家很大的物流公司TNT天地华宇。经协商，TNT答应免费帮我们运输救灾物资，同意在该公司繁忙的运输业务中，优先安排我会救灾物资。TNT通过其在中国全资陆路运输公司——天地华宇的庞大运输网络和运输车队，帮助我会将80多吨救援物资免费从全国各地运往受灾地区。

在众多爱心企业和爱心人士的支持下，紧急救援项目部和聚集在我部的志愿者小团队干劲十足。从一开始与捐赠企业确认物资体积、重量、提货地点，到与TNT确认运输车辆、运输时间，提供灾区通行证明等诸多环节，繁杂琐碎但不容有失。从早8点到晚10点，办公桌上的两部固定电话，再加上手机都应接不暇，经常半夜还被电话铃声叫醒。

救援花絮

问会芳（紧急救援项目部处长）：2008年初以来，紧急救援部的几个人一直没有真正休过周末。正月，婆婆突然去世，我只能匆匆送走婆婆，又匆匆返回工作岗位。我一直想着雪灾救援结束后，能有时间好好安顿家事。但因为工作任务重，一直没有时间回过老家好好悼念婆婆。

在农村，对逝去亲人的"一七"、"三七"、"七七"及"满七纸"是非常重视的。5月13日，是婆婆的"七七"，为了弥补对家人的愧疚，我早早就把手头的工作安排好，提前一周向部门主任请了假。

因此，"5·12"当天下班时，我按时离开了办公室。晚上在家，一直盯着电视，关注着灾区发回的报道。看着报道中灾区的情形越来越严重，我的内心非常矛盾：部门又要面临更紧张严峻的考验，我不能不在岗，心里也不想错过与同事共同战斗的机会；但对于家人，我也有无限的愧疚。一年了，一直忙、忙、忙，连婆婆去世都无暇回家，这次，于情于理也该回家看看了。

晚上9点多钟，部门主任打电话问我要认捐书的电子模板，但并没说别的。我心里暗自想，秦主任为什么没说让我留下？需要我吗？过了一会儿，我给秦主任拨通电话："主任，明天人手够吗？需要我吗？"秦主任说："你若能在当然最好啦。可是你也难得请一次假，而且你家里的事情也确实需要处理。你快去快回，争取13日当天返回吧。"

看着电视屏幕，我犹豫着，犹豫着……

我试探性地跟老公商量，能否明天他一个人回去。他没有说话。他也在目不转睛地盯着电视屏幕上武警战士从废墟里抢救伤员，一会儿，他开口说："你明天还是去上班吧。"

我很感激他的理解和支持，但更加深了心里的愧疚，心里暗自承诺：我保证满七的时候一定回家给婆婆上坟！

11点半，我赶紧拨通秦主任电话："秦主任，我明天来上班。"

"好！"我能听出电话那边主任的声音已经嘶哑，这更加坚定了我应该回到岗位的决定。

王晶晶（紧急救援项目部成员）：5月12日以来，我已经习惯了早出晚归。这一天又是工作到快11点多了才下班，正担心没有公交车回家的时候，一辆出租车在我身边停了下来，司机探出头来问："你去哪？"上车，说了目的地。也许是太疲惫了，不知怎么就在车上睡着了。到达目的地司机把我叫醒，我赶忙找钱包结账，司机师傅说："看你穿着基金会的

⊙5月16日，来自成都信息工程学院和成都经济技术学校的师生志愿者在帮助我会搬运救援物资

衣服才拉你一程的，我都收工往家赶了。我不收钱，算是为灾区做贡献吧。"我还是掏出钱来执意给他，他用手挡着说："公司组织我们捐过钱了，工作在身也不能去灾区出力，我免费为你们服务也算是用自己的方式为灾区出力了。"

司机师傅的话，带给我温暖和感动的同时，也带给我很大的鼓舞！救灾工作尽管辛苦，我知道有很多的人支持关注我们，我们的辛苦会换来更多人的幸福！

秦伟（紧急救援项目部主任）：紧急救援部是基金会最年轻的部门之一，这一点，无论从工作人员年龄还是从项目年龄来说都是。

2008年，紧急救援项目经历了前所未有的挑战。在大家感到辛苦，遇到委屈时，我告诉大家：这是中华民族的重大灾难与挑战，也是基金会和紧急救援项目的巨大挑战！

令人欣慰的是，包括紧急救援项目部工作人员及其他部门工作人员、广大志愿者共同参战的中国扶贫基金会紧急救援团队，在这次地震救援行动中打出了士气，打出了影响力。基金会领导高瞻远瞩的战略指挥，让我们时刻明确了冲锋的方向；紧急救援团队抗打击的团队凝聚力，也让我在压力和挑战面前感到了无穷的动力。无论是筹资还是救援一线，紧急救援团队没有一个人叫苦叫累，没有一个人临阵脱逃。

紧张的抗震救灾阶段过去了，灾后重建的路还很长，紧急救援部经受了一次又一次的考验，也在磨炼中不断成长、成熟。

【与灾区人民在一起】

5月14日，紧急救援先遣队抵达成都，并立即与四川省扶贫系统召开座谈会，了解情况，商议行动方案。当晚，先遣队拜会国务院设在都江堰的抗震救灾总指挥部，了解整体灾情，确定先遣队在一线的行动方向。

随后，先遣队先后前往北川、青川、绵竹、什邡等重灾区考察灾情，分发救灾物资，同时向总部报告灾情及灾区需求，为总部募捐活动提供灾区一手信息。5月18日，中国扶贫基金会在灾区一线德阳组建抗震救灾办公室，先后从总部派出38人赴灾区工作。整个紧急救援阶段，仅灾区一线，中国扶贫基金会就投入612人次参加了这次灾害救援。

⊙国务院扶贫办主任范小建考察基金会在四川灾区的救灾工作

◎ 紧急救援行动协调会纪要（第5号）

2008年5月17日上午11点，王行最秘书长召集紧急救援工作会议，协调我会紧急救援四川地震灾区行动。

出席人有：紧急救援小组的领导成员及各组负责人杨青海、李利、秦伟、华克、盛敏华、黄陆川、李红梅、桓靖等。

王行最秘书长首先通报了救灾前线的情况。

我会先期派往前线的刘文奎常务副秘书长等同志目前的情况是：

王军、汤后虎在德阳；

辛书庆、郑建国在成都；

伍鹏在广元。

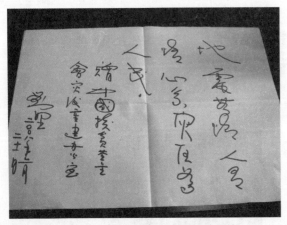

⊙国务院扶贫办原主任刘坚为抗震救灾办公室题辞

今后的工作是：

把救灾工作重点从筹集款物转移到地震救灾一线执行工作中去。在四川德阳设立临时抗震救灾基地，所有救援物资第一站运到德阳，再从德阳转运到其他灾区。一旦物资运到，我们就要分批派员到一线去组织物资分发等救援执行工作。目前，已经联系了南方航空公司的专机，每天2班连续9天往四川灾区运送我会的救援物资。

要求：

1. 海外救援物资由杨青海打通海关进关的通道；

2. 于5月17日下午3点前由杨青海做出一线救灾工作计划；

3. 每天在网上滚动发布救灾进展情况；

4. 结合工作推进计划配备安排人力资源，分阶段派往救灾一线。

在5月17日晚我会与中央电视台、凤凰卫视等联合举行的赈灾电视专题晚会上，也将发布收到捐款捐物和救灾物资发放情况的信息和孤儿救助的有关信息。

◎ 中国扶贫基金会"5·12"抗震救灾办公室（德阳）成立会议

时间：5月18日上午

地点：中国扶贫基金会5·12抗震救灾办公室（德阳）会议室

参加人：刘文奎、余存贵、黄英、伍鹏、王军、汤后虎、郑建国，董学军、邱燕、游晓萍

记录人：董学军

⊙车棚里的办公室

主要内容：

一、成立中国扶贫基金会"5·12"抗震救灾办公室（德阳）

1. 德阳办公室的机构设置

德阳办公室设立三个部门：办公室、建设处和物流处。

2. 办公地点

德阳市农办提供了4间办公室，地点在德阳市政府办公楼9层。

3. 各部门人员组成

办公室组长：伍鹏　副组长：董学军、游晓萍

建设处组长：王军　副组长：郑建国、任平根

物流处组长：汤后虎　副组长：邱艳

二、德阳办公室的工作重点

1. 在德阳建立赈灾物资储存库，统一接收、管理和分发全国各地的捐赠物资。

31

2. 抓紧启动周转社区的设计规划，在灾区建设周转社区，解决灾区群众居住、上学和求医的问题。

中国扶贫基金会"5·12"抗震救灾德阳办公室

2008年5月18日

◎ 巨灾中的四川（常务副秘书长 刘文奎）

按照中国扶贫基金会的紧急救援响应机制，我们不仅要第一时间发起募捐行动，而且要第一时间派救援组赶赴灾区前线，评估灾情，了解需求，以便确定进一步行动计划。会领导决定，由我带队先行赶往灾区。但是因为受地震影响，5月13日北京飞成都的航班全部取消，所以当天无法动身。5月13日下午得到消息，第二天部分航班可以恢复，于是我们就想方设法订到了5月14日上午11点的机票。

5月13日下午，我们又召开了第二次协调会，宣布成立中国扶贫基金会汶川地震救灾工作领导小组，明确了汶川地震救灾的组织架构、人员分工等事宜，确定先遣队成员名单，并将后方的总体负责工作移交给杨青海副秘书长。

5月14日上午9点，我们先行队四人在首都机场集合。除了我、监测部的伍鹏和综合项目部的王军，还有在综合项目部的志愿者辛书庆先生。辛先生退休前在国家地震局工作，对地震情况比较了解，算是此行的专家。他的加入，让对灾区一无所知的我们增加了不少信心。综合项目部的郑建国此时正在云南出差，也

⊙5月14日晚，紧急救援先遣队在前往都江堰重灾区考察灾情的路上

将直接赶到成都与我们
汇合，加入救援工作。

虽说北京至成都
的航班开始恢复，但显
然秩序还不太正常。先
是通知说我们预定的11
点航班取消了，正在焦
急的时候，又通知说如
果愿意的话，可以搭乘
10点的航班。真是太好
了！就这样阴差阳错，
我们提前一小时到达了
成都。

◎5月14日晚，刘文奎常务副秘书长（前排右）向都江堰灾
区的志愿者及当地灾民了解救援及受灾情况

一下飞机，就能明显感受到地震的影响：因为停电，候机楼里黑洞洞
的，手机信号时断时续，出口处挤满了接机的人群，与往日不同的是，接
机牌上迎接的几乎都是从各地赶来参与救灾的队伍。

省扶贫基金会的蒋副会长早已在出口等我们了。在赶往扶贫办的车
上，我们一边讨论着灾情，一边商量接下来的行程和可能采取的行动。

省扶贫办已经从政府办公大楼搬出来，临时在附近扶贫基金会的平房
里办公。扶贫办领导向我们介绍了灾情和省政府的救灾情况，并讨论了
接下来的合作方向和机制。在此过程中，我们还第一次经历了五级以上
的余震。

离开省扶贫办和基金会，我们赶往都江堰。都江堰不仅是此次地震的
重灾区，而且是四川省抗震救灾指挥部所在地，我们需要了解一线灾情，
也需要拜访救灾指挥部，了解政府的统一部署，以便配合政府总体安排确
定我们的救灾方案。

到都江堰的时候，天已完全黑了，车上什么也看不清楚。指挥部设在
一个大工地上，条件非常简陋。国家、部队、省直相关单位因陋就简，挂
个牌子就算办公室。我们分别拜会了省指挥部的负责同志和国家地震局搜

⊙5月14日晚，常务副秘书长刘文奎（前排右一）与四川省政府办公室副主任何旅章（前排左一）协商救援工作

救中心的负责人，了解灾情，征求建议。据说温家宝总理刚从这里离开，赶往其他重灾区。

尽管地震刚刚过去两天，但目之所及，几乎每个人都是声音沙哑，面容憔悴。缺乏睡眠，过度疲劳，是工作在一线的人的共同特征。

当天的最后行程是考察灾情。

晚上9点，都江堰街头到处是简易的帐篷，因为材料、规格、颜色的不同显得极为纷乱；来来往往的是流离失所的灾民，有组织或无组织的志愿者、救援人员；街道两边，震毁的建筑物留下面目狰狞的残垣断壁，不时会看到有救援队伍在挖掘废墟，那里一定还有未被救出的幸存者；水、食物等生活必需品价格畸高，更麻烦的是物品短缺，灾民随时有断水断粮之虞……巨灾打击下的都江堰，天府之国的四川，正面临前所未有的困难。

深夜回到成都，郑建国也从云南赶到。连夜开会分析灾情，讨论行动方案。根据掌握的情况判断，目前先行队最需要做的是尽快采购调集灾区急需的生活物资，缓解灾民困难。但因为成都地区的物资已经出现短缺，大批量物资采购不仅难以实现，反而可能加重当地供应压力。再加上成都本地的大型运输车辆已经赶赴灾区救援，我们即使能采集到救灾物资，也很难组织足够的运力送到灾区，因此我们决定就近前往重庆组织救灾物资。另外，我们也需要继续深入其他重灾区，进一步了解灾情。于是第二天我们决定兵分两路，一路由我带队，前往重庆采购、组织救灾物资；一路由伍鹏带队，目标青川、北川，继续勘察灾情。

◎ **中国速度**（母婴平安120项目部处长 王毅）

5月13日下午3时

热线电话再次响起，我接到了新浪网"绿丝带"行动负责人的求助电话："我们有个网友要捐赠一批救援物资，指定捐献灾区救援部队，你们接收吗？"72小时的黄金救援时间仅仅过去了一小半，时间就是生命，我们接收！

5月14日上午10时

在刚刚值完大夜班没有休息一分钟的情况下，我与北京天泰正合数码科技有限公司捐赠人、新浪网"绿丝带"行动负责人一同前往国家消防局，与局领导紧急商讨GPRS卫星定位系统的捐赠、接收事宜。

"目前我们部队常规并没有配备这样的设备，但是这次地震灾害救援情况比较特殊，前线传回消息，很多重灾区位置不明，道路不通，通讯中

⊙中国扶贫基金会灾区调研专家团队成员之一，项目监测部主任伍鹏（前排左一）在灾县了解受灾情况

断，给我们的救援带来了很大的困难，如果有了卫星定位导航系统，应该会发挥重要作用。我们也希望社会各界给我们大力提供设备技术上的支援！"

5月14日下午4时

在快速协助企业办理完捐赠手续后，与企业，消防局领导在我会进行三方捐赠。

5月14日晚

天泰正合技术人员赴国家消防局进行设备使用培训。

5月15日中午12时

天泰正合技术人员携设备与消防局官兵同赴灾区。

5月15日下午4时

全部设备抵达都江堰，经过连夜调试，进入战备状态。

从热线电话打到中国扶贫基金会，再没有一个人休息，协商，调货，办理手续，培训，运输，调试，仅仅不到48小时，就完成了这批特殊设备的空中接力，这同样也意味着生命的接力和爱心的接力，更是社会力量向专业救援力量的有效补充，我为自己能够参与到这样的接力中感到自豪。

【一亿物资大调运】

为第一时间向露宿街头的灾民送去食物和水，中国扶贫基金会果断决定，前往距离灾区最近、能够进行大额采购的城市重庆采购灾民生活必需品。为确保采购的公开、公正，在前往重庆的路上，中国扶贫基金会通过新浪网公开招募社会志愿者6人，组成独立的询价、

⊙5月20日，中国扶贫基金会工作人员同当地志愿者正在将捐赠药品在德阳仓库卸货

采购小组，进行急需物资的采购，保证了在短时间内大宗物资采购的公开、透明。

据统计，截止到2009年12月31日，中国扶贫基金会投入灾区的物资价值为11523.3万元，其中，购买物资为1240.8万元。物资主要投放在北川、汶川、青川、绵竹、什邡、茂县、平武、卧龙、罗江、旌阳、成都、江油、彭州、理县、德阳等重灾市县区。经独立监测，中国扶贫基金会救灾物资的到位率达98.40%，其余1.6%的物资为救灾帐篷（因接受捐赠时间较晚，灾区已不需要），已全部在2010年玉树地震中捐赠完毕。

◎ 重庆采购（灾后重建办公室主任 王军）

5月13日，我接到秘书处的通知被抽调并要求第二天就赶赴四川

⊙汉旺当地灾情

灾区。

5月14日下午1点多，在刘文奎常务副秘书长的带领下我们抵达成都，随后，我们与事先约好的同行四川省扶贫基金会召开了一个紧急会议，了解灾区情况。当时，我们了解到最严重的受灾区在都江堰，抗震救灾指挥部也设在那里。会后，我们就立即赶往都江堰，沿途我们看到一片片瓦砾和楼房倒塌的废墟，那情景让我们第一次感到巨大震撼。

与我们同行的一位国家地震局的老干部刚好认识国务院设在都江堰指挥部的一个领导，就介绍我们认识。我们向他询问了一些灾区的整体情况，问他目前我们能帮灾民做些什么。通过前后不到20分钟的会面，我们了解到灾区比我们想象的还要严重。那时，水和食品是灾民最急需的。

之后，我们就驱车前往都江堰市区，到处是废墟，满目疮痍，惨不忍睹。在那里，我亲眼看到了整个坍塌的楼房，在废墟旁，失踪者的亲属一片哭闹声，呼喊着说要救人，下面还掩埋着他们的亲人。

◎什邡市龙居小学地震当天

我们继续深入灾区，在一个聚集了大量灾民的交叉路口，碰到刚从里边出来的一群大学生志愿者，他们向我们说灾民急需水，有个地方甚至一瓶水卖到五十元，一斤饺子卖到了五六十块钱。天价的食品！一路过来目睹的灾后惨状，刘副秘书长在车上就决定，我们马上动手，就近采购！当我们了解到在成都基本上是不可能解决大批量的食品和水的采购，我们就把目光对准了离四川最近的大城市重庆。

我们赶回成都的时候，已经是深夜，找了一个宾馆住了下来，却迟迟不能入睡。接连不断的余震使整个楼都在晃动，我们几乎度过了一个不眠之夜。

5月15日，我们很早就起床，时间紧迫，不能耽误。在去往重庆的路上，刘秘书长就先联系了重庆市扶贫办、重庆市扶贫基金会，让他们帮助我们联系几个大型的商场，需要采购大量食品和水，同时还要帮助我们装车。与此同时，我们在搜狐和新浪网上发布了招聘采购志愿者的消息。

在赶往重庆的路上，我们就接到了重庆扬子江假日饭店董事长沈涛先生的电话，他告诉我们，他们的饭店愿意免费为我们提供住宿，他们的员工可以随时做我们的志愿者。我们到达重庆的时候已经是中午十一二点，在与接待我们的当地扶贫办同行简短寒暄后，我们紧急约见了已在

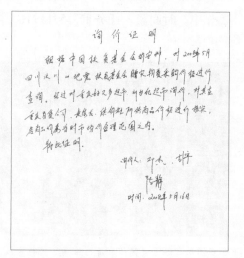

◎来自志愿者的询价证明

39

等待的供货商，有重庆百货、重庆麦德龙等几家。我们说明了来意，并把希望购买东西价格做了基本了解。

到扬子江酒店的时候，已经有几个报名的志愿者和我们的合作伙伴——国际美慈组织的朋友到了。我们把这些志愿者和美慈的朋友编成了小组，然后派他们下去再做市场调查。在这群志愿者中有律师、白领、大学生，来自各行各业。

等派下去的各询价小组志愿者们回来后，我们分析了他们了解到的要采购物品的价格基本符合当地的市场价后，我们确定了购买商品的价格、数量，立即签订了采购合同。在短短的不到12小时的时间里，大量的志愿者帮助我们验收、登记、装车、分组，采购完了28卡车的食品和生活必需品。这些物资的采购过程、采购价格都是在志愿者们的参与下完成。事后，我们将做好的统计数据发布在了网上。当装满车的食品和水陆续运往灾区的时候，我们松了一下一直紧绷的心。这时候，我发现自己肚子饿得咕咕直叫。

◎ 跨过大半个中国的握手 （母婴平安120项目部处长 王毅）

当第一笔善款汇集，基金会立刻投入到为灾区采购和运输救灾物资的工作中。时间紧，任务重，5月19日，当会领导决定第一次为灾区采购300万元的大米、食用油和食盐的时候，我光荣而忐忑地接受了这个任务。

首先，我和基金会有经验的同志参照国际红十字会赈灾标准和国内以往赈灾经验认真制订了救济标准，以大米10千克一袋，食用油2.5升一瓶，食盐0.5千克一袋为一个

⊙中国扶贫基金会德阳仓库内堆满了等待发放的捐赠大米

标准配比，力争保证4万份物资的采购量，以维持灾后一个月内4万名群众的最低救助标准，力争用有限的资金在最短的时间内救助更多的灾民。

○德阳志愿者志士队搬运食用油

随后，我立即组织志愿者到北京的各大超市进行初步询价，对北京市场上各种品牌和规格的粮油进行市场零售价询价。对比之后，选择北京地区大型的粮油供货商（例如古船米业、鲁花食用油、北京粮油集团、玉泉路粮油批发市场）进行进一步接触，对产品等级，生产时间，运输，包装进行了全方位了解。可是这时，经过多方了解，北京地区满足520吨这么大的粮油生产、包装至少也需要一个多星期的时间，而且，一节车皮的运输费用从北京到四川至少也要上万元，怎么办？

我紧急向会里申请进行全国范围内的询价采购。成都粮油告急！绵阳粮油告急！四川全省粮油告急！随着一个个没有结果的电话，时间在一分一秒地流逝，情况也显得越来越不乐观，我到哪里去买这救命的520吨粮油？我抱着试试看的心情拨通了公安部消防局天津警官培训基地李光军同志的电话，5分钟后，电话打了回来："记个电话，你赶快和重庆联系一下，他们紧邻四川，愿意全力帮助你们！"我马上拨通了重庆消防总队后勤处苟兵副处长的电话，简单解释情况后，又是不到5分钟，他给了我重庆粮食集团有限公司军工处徐处长的电话。"徐处长吗？我是中国扶贫基金会，我们想请您帮个忙……"这时候，已经到了晚上很晚，我已经根本顾不上礼貌和客套，就这样一个个拨打着这些完全陌生的电话，而他们就像接力赛一样最终在电话里把我从北京一下带到了遥远的山城重庆。

41

　　"您是重庆粮食集团有限公司的王建军先生吗？我们是中国扶贫基金会，我们要为四川灾区紧急采购520吨粮油，你们有能力在一周之内完成生产、运输吗？""没问题！我们可以做！"听到这回答，我的心就像一块石头"砰"地一下落了地。"能不能请你把你们公司的资质文件和产品报价马上发过来？""好的，你等我20分钟，我马上到办公室发给你！"

　　核实了对方公司的资质文件，我们开始讨论采购价格问题，没想到这次议价却比我预料的顺利得多，对方不仅主动提出在国家标准一级米的采购价格的标准上将大米提高到国家优质米作为赈灾专用米，还承担了部分的包装费、印刷费，盐和油的品种和价格也十分合理。　但是时间呢？时间能保障吗？4万袋大米全部要采用透明高等级特制防漏米袋，并且在每袋大米，每箱产品上全部要印刷、粘贴我会抗震救灾物资标志，这也是一个非常巨大的工作量，还要在一周内从重庆运抵指定灾区。想到这，我心里的石头又再次悬了起来，不会签了合同耽误了时间吧？违约事小，但灾区的老百姓可没有时间等待！"你放心，小王！我们三天就全部帮你做好，我们知道你们急，灾区人民更急！我老家就是绵阳的，也有人受了灾，你放心！我们不会在这件事上出任何差错，我们会把他当作政治任务来完成，这也是我们重庆人民应该为灾区做的！"听了这话，从感情上我真想放心呀！但是毕竟离得这么远，看不见摸不着，采购金额又这么大，我必须抱着谨慎、再谨慎的态度，认真履行每一个采购细节，不能出现任何技术操作上的疏

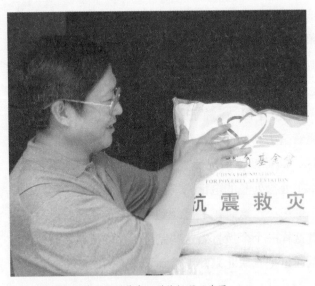

⊙重庆粮食集团有限公司董事、副总经理王建军

忽，我一定要立刻找一个无关的第三方再次验证对方的资料。虽然这已经超出了常规采购的流程，但为了确保此次特殊采购任务的万无一失，我宁愿再多想一点，多做一点。

最终，我通过一个在重庆本地工作的朋友，亲自到重庆市场上进行了粮油询价，并且亲自到了对方提供的办公地址核实了对方公司和联系人的相关情况，我也通过成都粮油公司再次侧面了解了重庆这家公司的实力和背景。

第二天，采购合同起草完毕，我打电话给王建军先生："王先生，您看采购金额这么大，你是不是需要向单位主管领导请示一下？"对于一个大晚上亲自跑来跑去给我发传真的工作人员来签这么大（起码对我来说很大）的合同，我又开始心里犯嘀咕。"不需要，这件事我完全可以做主！"后来，我才了解到，这位王建军先生——我后来称呼的王总就是重庆粮食集团有限公司董事、副总经理。在他的统一指挥调度下，自接到我会采购的信息，重庆粮食集团有限公司紧急下达命令，其下属四十二家粮油公司立刻停止向重庆社会供应我会需要采购的大米，全体重庆粮食集团的员工昼夜加班，不仅在三天时间内完成了大米、食用油、食盐的采购及生产，并按照我会的要求特制高等级防漏米袋，在每件产品上粘贴我会抗震救灾物资不干胶贴。也是这位被我误认为普通工作人员的王总，在我会无法派员赴渝监督生产、运输的情况下，亲自往返多个厂家，指挥生产运输。

5月24日，当悬挂着"中国扶贫基金会抗震救灾物资"条幅的十六辆运输车辆抵达德阳灾区的时候，离合同签署仅仅过去了三天。这三天，对于我就像三年一样漫长。"我们收到粮油了，全部合格！"我当时的感觉就是没感觉了。

◎ 期待生命重新绽放 （原紧急救援项目部主管 汤后虎）

如果泪水可以洗涤灾区人们的痛苦，我愿意为你流尽最后一滴泪；如果爱可以让生命重新绽放，我愿意把心留给这片受伤的土地；如果行动可以燃起你生活的希望，我们愿意凝聚起来，为你释放所有的力量。

第一次当"押车员"

5月15日下午，我紧急从北京飞往重庆，参加紧急救援先遣队，在重庆采购价值154万元方便面、饮用水等灾区急需的物资，物资装了满满的12辆大卡车，它们将先运往成都后转运阿坝州受灾严重地区。为了保证物资安全、及时地运抵灾区，紧急救援先行队安排我亲自押车到成都。这是平生第一次押车，想到这12辆卡车的救援物资可以帮助受灾群众渡过生活难关，我心里既激动又紧张。

重庆市保安服务公司陈宏伟经理得知我们要连夜向四川地震灾区运送救援物资，立即抽调5名专业保安，免费帮助我们护送物资到成都。

晚上10点多，五名装备齐全的保安到位，张鹏任队长。我们在车队出发前，将车队编成1～12号，并召集所有司机开会，要求严格按编队行进，不允许超车，5名保安分别坐在前中后五辆车上，通过对讲机随时保持联络，指挥整个车队行进。绵阳的陆师傅熟悉到成都的道路，而且他说

⊙重庆市保安公司抽调5名专业保安免费帮助我们护送物资

他的车是新车，可以做头车，我和张鹏上陆师傅的车在前面带队。

晚上12点半，车队从重庆向成都进发，我们在每辆车的左右两边都悬挂"中国扶贫基金会捐赠救灾物资"的横幅。过收费站时，原本打算出示重庆市民政局出具的救灾物资绿色通行证，但收费站工作人员见到横幅后都直接放行。

我们计划先走渝邃高速，再走成绵高速，最后达到成都。正当我们上高速的时候，突然发现车子有点左右晃动，原来是陆师傅自称为"新车"的前胎一个大螺丝断了，必须得换新的。车队只好就地休息。由于时间已是凌晨1点多，只能去碰运气，希望能找到修理厂。我们好不容易在离车队大约5公里的地方找到一家汽车修理厂，外面的牌子上写着24小时营业，可陆师傅喊了半天，店主才懒洋洋地打开门，微睁着眼瞥了一眼车子，扔下一句话"没有"，急得陆师傅直接到店里去找，可找了半天也没发现相同型号螺丝，只好将车子停在修理厂边上的一个货运场，等第二天车子修好后再去成都找我们。

我和张鹏背着大包走了5公里回到车队，已经是凌晨2点半，我们重新组织车队上路。在高速上行驶了不到一小时，就在一个上高速的路口停了一辆高速公路巡逻车。原是要对我们进行检查，大概看我们是运送救灾物资的车辆，就让我们过去了，当时我们心里很是高兴了一番。但很快后面的保安通过对讲机说3号车以后的车都被拦了下来，说有大批军车要通过。我们也被迫停下来。原来有200多辆运送军队和物资的军车，组成了一条汽车长龙要先行通过。第二天我们才得知，这些都是运送海军陆战队参加地震救援的车辆。

凌晨3点多，浓雾弥漫，能见度很低。雾大的路段整个车子都被雾包围住，根本就看不清路，司机只能凭感觉开，幸好路上并行的车辆不多。上午7点半我们终于到达成都和重庆的交界处，很多师傅还是习惯性地将车开到缴费窗口，交警热情地将我们指引到救灾物资绿色通道，师傅们都说从来没有享受过这样的待遇，而我则更深切地感到震灾物资的急需与我们肩上沉重的责任。

上午9点半，我们的车队成功到达成都。

露宿街头的日子

5月16日晚8点多，我到达德阳市。德阳是四川的第三大城市，市区整洁漂亮，没有受到地震的破坏。但一进入市区立刻感觉到地震带来的紧张气氛。马路两边的街道上到处都是群众搭建起来的临时帐篷，有的是专用帐篷，更多的是用彩条布临时支撑起来的，还有很多人直接裹着被子睡在在马路中间的草坪上，整个城市除了路灯以外，居民区一片漆黑。

饭店基本上关门歇业，好不容易找到一家，刚办理好手续住进房间，服务员神色紧张过来通知我们，晚上可能会发生7级余震，让我们赶紧到饭店大堂，便于地震时快速撤离。

没有了地方住，只得到德阳体育场外的广场上，在露天的椅子上睡了一宿，这是在灾区第一次露宿街头。

5月19日，电台、电视台以及德阳市街头的广播不停地播报5月19日至20日震区可能会发生6～7级余震，这让让整个城市再一次笼罩在恐惧的气氛之中。我们白天工作特别忙，也没有太注意。到了傍晚，黑云压城，所有的人都蜂拥到街道上，这时饭店通知我们只有签生死状才让入住，但过了一会儿，饭店说就是签生死状也不让住，必须立刻离开，好像地震随时都会降临。我们从楼梯上房间收拾行李，结果在三楼的拐角处，发现墙壁在5·12地震中被震裂，出现了错位。并不是像饭店老板说的，饭店在5·12地震中没有受到损坏。我们赶紧进入房间收拾好行李，迅速撤到酒店外面。

我们又一次来到了德阳市体育场外的广场上，第二次露宿街头。

⊙震后初期，中国扶贫基金会抗震救灾办公室在德阳市政府提供的车棚中搭建的临时帐篷宿舍

最"牛"的志愿者

"志愿者"队伍成为灾区的一个特殊群体，他们来自全国各地，他们的身影遍及灾区的各个角落，他们以亲身经历的方式参与这场地震救援和灾区重建。

5月23日，沃尔沃捐赠的5台装载机运抵德阳市，其中3台被安排到急需大型救援设备的北川县，进行废墟的清理和开通道路。但北川县一时抽不出司机将装载机开回北川县。于是我们紧急在德阳市招募能驾驶装载机的志愿者，来自山西的"联之队"的赵云带领5位同事，自告奋勇，请求将装载机送往北川县，并且将自备的帐篷、食品都搬到我们住地，安营扎寨，和我们并肩战斗。

让我们大吃一惊的是他们根本就没开过装载机，沃尔沃的师傅临时充当起老师，在德阳市政府的后院教他们怎么驾驶装载机，为了避免影响市政府的办公，只练了5分钟。第二天上午，他们就驾驶装载机上路了。装载机的行驶速度很慢，每小时30公里，从德阳到北川大约需要5个小时。我们先行到绵阳等他们，从德阳到绵阳的高速公路上没有加油站，在离绵阳市大约10公里的地方，赵云打电话说车子油快用完了，这让我们焦急万分。我立即联系绵阳市扶贫办的杨跃龙，请他帮忙在绵阳市买个大塑料桶，购备柴油去应急。幸好他们安全抵达绵阳市，我们的大桶没有派上用场。

在绵阳加油后，我们简单地吃了自备的干粮，继续向北川县进发。到北川县虽然可以通行，但仍然十分惊险，山上随时都有石头落下，而且道路很多地方被压坏，车子很容易陷进去。在距离北川中学不远的地方，在一座塌方的山下，一辆运送物资

◎山西志愿者正在空地上尝试开动挖掘机

47

⊙我们将车辆移交给北川扶贫局

的昌河车右车轮陷下去，整个车队被堵在塌方的山脚下，当天又是阴天，随时可能下大雨，形势十分危险，幸好车子不大，我们组织几个人就将其推出了陷坑。

下午3点多，我们终于将装载机开到北川。当天北川县城被封锁进行空中消毒，按照北川县抗震救灾指挥部的安排，我们将装载机停在北川中学的操场上，我们北川之行圆满结束。

【可敬可爱的志愿者】

灾难无情，人有情。在汶川紧急救援行动中，许许多多的志愿者无时无刻不带给我们感动和温暖。他们中有参加赈灾义演的名人明星，有免费为灾区运送赈灾物资的爱心企业，而更多的志愿者是普通大众，在北京总部和广东办事处，他们在24小时热线值班、为捐款现场服务、录入数据、统计捐赠、翻译资料；在救灾前线，他们搬运货物、编辑新闻稿件、参与采购询价、监测物资发放等。

◎来自山西的志愿者队伍

◎ 志愿者们（秘书长 王行最）

在援助灾区建设上，令我特别感动的就是志愿者们。

我到灾区时，还是在紧急救援阶段，我们在德阳租了一个仓库，在搬运力量不足的时候，有共青团系统组织的青年突击队帮助我们搬运物资。山西有一个由年轻人自己组建的志愿者队伍，大概十几个人在我们那里帮忙。因为志愿者团队到灾区以后，需要跟某一个组织合作，不然没有办法做事，这个叫"晋之光"的志愿者队伍就一直在我们这边工作。他们住在自带的帐篷里，吃的是盒饭。他们很有自己的规矩，如果这天没有帮助干活的话，盒饭由他们自己买，即便是我们给他们买了他们也不吃。在灾区的那段时间，虽然很累也很辛苦，但看到志愿者的这种精神让我们深受鼓舞。

　　在德阳市政府的旁边，有一个浴场，是地震前不久刚刚开业的，老板是一个温州人。当他看到我们这些来自各地的救援人员整天奔波忙碌，连洗澡也成问题，温州老板就在他的浴场上面悬挂了一条很大的横幅，上面写着"为抗震救灾的亲人们免费提供洗浴服务"的字样。只要是抗震救灾和灾后重建人员到那里洗澡都是免费的。后来他又看到我们整天工作很辛苦，还要自己动手洗衣服，就买了一台洗衣机，每天下午骑着三轮车到我们的驻地，把脏衣服收集起来，免费洗干净后再送过来。

　　在什邡的渊邸镇，我还看到了这样一群志愿者，这是一群来自全国各地的临时志愿者团体，基本上都是大学生，在我眼里他们还是80后的孩子。什邡渊邸镇在地震中大多数的房屋都倒塌了，我们要在那里建一批板房，当时我是去看地，这块地是在村子后面一片荒废的地方。在那里我遇到了这些志愿者，他们自发组织照顾村子里因为学校房屋倒塌没有地方上学的孩子们。他们每10天一轮换，所以他们自己带进去的食物一般只够10天的。他们在那里组织孩子读书，把地震后倒塌下来的仍可以用的东西利用起来，搭成可以写字的桌子，把一些破椅子搬到一起放在稻田地里，组建了一个临时学校。

　　其中一个志愿者在我看到他的时候，已经饿了一天半了，他看到村子的孩子可怜，就把自己带的东西给了孩子。村里发放赈灾食品时，政策上是没有他的份儿，他自己更是不好意思去领。一个也是正在成长的孩子，在家里也是父母掌心里的宝贝，在这里却用自己最真诚

⊙驻扎在我会办公室周围的志愿者们

的情感做出了看似微不足道的小事，让我看到了他心中向善的力量。当时，我把自己身上所有的东西都给了这个20岁出头的大孩子。

⊙来自毕马威、德勤会计师事务所的志愿者，在财务相关的这些特殊环节奉献了他们的爱心与高效的专业技能

此外，我们还得到来自德勤和毕马威的志愿者的大力支持。他们参与物资采买的询价，编写工作简讯，负责宣传报道，与我们一道挑灯夜战。工作上兢兢业业，恪尽职守。

◎ 玫瑰的余香（常务副秘书长 刘文奎）

卓清法，在北京发展的温州企业家，生意做得很好。他热心公益事业，参加我会的"新长城"项目，帮助贫困大学生上学已经有几年时间了。与一般捐赠人不同的是，他不仅为贫困学生捐助生活费，还在繁忙的生意中抽出时间，参加我会组织的贫困学生寻访活动，因此基金会的很多同事都认识他。

记得当时我们在德阳的办公室刚刚从政府办公大楼搬到车棚中办公没多久。有一天，我从灾区现场回来，老远就看到一个熟悉的身影从车棚中迎出来，边走边和我打着招呼。我开始还没反应过来，走近了一看，没想到居然是卓清法先生！在灾区的忙乱中，在这么远的外地遇到老朋友，不禁喜出望外。

"嗨，卓老板，你怎么来了？"

"投奔你们来了！"

"你怎么知道我们在这儿？"

众人的力量 ——中国扶贫基金会汶川地震救灾纪实

⊙卓清法自己驾车来到灾区,在救灾最关键的时候连人带车为基金会抗震救灾提供义务服务

"网上查的,我就知道你们肯定会有行动。"

"这次来有什么事吗?"

"看,这是我刚买的车,这次专门来给你们当司机,听候你们调遣!"

顺着他的手指看去,我们的睡帐旁边,一辆崭新的别克轿车停在那里,虽然是新车,却因为刚刚经过了长途跋涉而显得风尘仆仆。

细聊之后才知道,原来汶川地震发生后,卓清法先生一直关注着灾区的情况,关注着中国扶贫基金会的紧急救援行动。当他从网上信息了解到,由于交通工具不足影响了我们的工作效率时,他很快就安排好了家里的事务,驾驶着刚买了不久的爱车,日夜兼程,从北京经陕西一路赶到了四川。

从此之后的半个多月时间里,卓先生的爱车真成了中国扶贫基金会救灾办公室的工作车。有时送我们去考察灾情,有时帮我们接送客人,有时为远道而来的车队引路,有时参与物资的发放,监测发放过程。灾区的路况参差不齐,但不管多糟糕的路,卓先生从来没有一句抱怨。有一次运送一批物资到一个接收点,货物多而搬运物资的人手不够,负责卸货的工人因有畏难情绪而磨磨蹭蹭。卓先生二话不说,亲自上车搬卸货物。在他的带领下,原本消极怠工的工人也不好意思磨洋工了,大家齐心协力,很快完成了任务。

就这样,自带车辆,自负油费、过路费、餐费,无私地奉献与行动,卓清法和他的车厢两侧贴着醒目的"中国扶贫基金会抗震救灾办公室"的爱车成了中国扶贫基金会德阳办公室的一道美丽的风景,卓清法先生以无私的志愿精神，感动着基金会的每一个人，给我们巨大的鼓舞和鞭策。

5月底，我轮换回京离开德阳的时候，卓清法先生还坚守在我们的办公室，履行着他的"专车司机"职责。后来我们在北京见面，卓先生给我讲了一个他亲历的小故事。

那是在我离开德阳后的10天左右，卓先生离开德阳办公室，取道湖北返回浙江老家看望母亲。途径宜昌，卓先生保持着在灾区的习惯，支起帐篷在路边露宿。早上起来的时候，卓清法先生意外地发现，在爱车的前挡风玻璃上，放着一支鲜艳的玫瑰！

"虽然我不知道是谁送的，但我知道肯定是因为车上的标志，这是当地人对参与抗震救灾的人表达的敬意。你知道吗？这支玫瑰让我非常开心，甚至比让我多赚100万元还要珍贵！"卓清法先生跟我说。

◎ 爱的力量（母婴平安120项目爱心大使　伊能静）

那一天终于踏上了去受灾城市的路途，登机前，我还给你打了电话，你小小的声音在电话里很担忧，你一直问我为什么一定要去呢？如果又地震了会不会被压到？那些小朋友没有爸爸妈妈怎么办？

我仔仔细细地在电话里回答你的问题。我说现在不会危险了，因为高的楼都倒了，我们只要不靠近房子就很安全。我说就是因为那些小朋友没有爸爸妈妈，所以我们更要去陪伴他们、照顾他们。最后我告诉你，我一定要去的理由是因为我知道你有

◎伊能静与中国扶贫基金会援建的东汽板房中学的学生们在一起

53

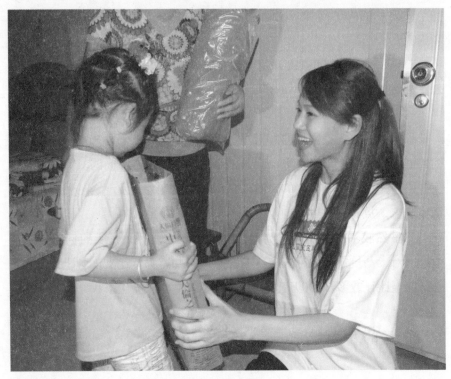

⊙伊能静到中国扶贫基金会援建的绵竹市土门镇板房社区中，为小朋友送去中秋节礼物

多幸福，所以幸福的我们，应该努力让这个世界每一个不快乐的人得到平安与快乐。

我以为随着中国扶贫基金会走到灾区，只是一种勘查。了解当地物资及医疗、教育的需求，然后回来转述给每一个通过中国扶贫基金会，去帮助他人的善心人士，让他们知道所付出的爱心，是如何在每一个破碎的家庭里，发挥了多重要美好的作用。但是，当我真正坐着志愿者的车，行驶在四川的山区，看着落下的巨石截断了去路；在进入北川后，见到那些母亲们拥抱着幸存的孩子们，等待着物资的发放；在绵阳时探访小战士们，他们还依然是青春期的年纪，却已经在余震不断的恐怖里，无畏地抢救每一个可能挽救的生命；而在黄昏时到了汉旺，天色绝美，但原本那一整条繁华的街却仿佛被静止停格，楼房坍塌、满地杂物、眼前的幼儿园，七彩的墙壁碎成片片，所有的钟都停在两点二十八分时……我才明白，中国扶贫基金会做的并不仅仅是一个慈善事业，并不是施舍帮助，而是作为一个有知性的人，都应该毫不犹豫地去一起担起这个灾难的担子，因为只有这个世界的每一个角落都美好了，我们也才有打从心底感觉平安美好的可能。

帮助一个受灾的孩子，让他们拥有心理与生活方面的照顾。当我们给予时，我们明白了生命的脆弱，却也明白了生命的强大。我常常祈祷这些受灾的孩子们，成长后能因为经历过伤痛而去帮助更多的人。正因为他们走过苦难，所以他们会更有力量付出。每一个负面的能量都有化成正面能量的可能，虽然这条道路如此漫长，需要耐力与决心，但是当我看到中国扶贫基金会的每一个同事，那种面对苦难的乐观与坚定时，我都许下心愿，希望自己能跟着中国扶贫基金会一直走下去，直到这个世界不再有贫穷、病苦、人祸、天灾。

当苦难来临时，只有在爱中才能离苦。感谢每一个加入中国扶贫基金会的朋友们，那怕只是一杯水的给予，都是我们爱的反映。也只有爱能让我们感受他人的苦为己苦，感受他人的幸福为己福。

离开灾区后，我在转机时给你打电话，没说话眼泪已经掉下来。我多想告诉你，我不要你富有、聪明，我只希望你能平安健康地长大。我知道有好多母亲现在正等待着孩子们的来临，这原本该是多美好的事，现在却连基础的医疗设备都没有，有许多孩子就这么来到世界上，迎接他们的不是白色的小摇床和干净的牛奶，而是疾病与贫穷。正因为我是如此爱你，我能明白，这些伟大又渺小的母亲们有多么快乐却又有多么伤悲。

挂上电话后，我轻

⊙伊能静与德阳灾区的小朋友在一起

轻地亲吻了手机里你的照片，你笑得好可爱，我对你的爱与思念将心溢得满满。抬头一看，机场的电视又传来余震的消息，我默默地合起双手，在心中祷念，愿我们能以爱的力量抵挡一切灾难，远离一切困苦，愿我们能透过中国扶贫基金会传递出我们的爱，并且切实地给予每一个需要的帮助人们，愿这世界最终只剩平安与快乐，我们都能拥有人世间最平凡的幸福。

◎ 你又不是基金会的人（中国银行 刘芳）

想起2008年，我心里就会泛出那些以为可以忘记的事，但我真的做不到。年初的郴州雪灾以及刚刚过完母亲节后的汶川地震，对我们来说，是一场很艰辛的洗礼。我们是金融服务行业，当领导传达了全行每一个人都要积极为抗震救灾做出自己的贡献时，我那时所看到的就是群情激昂，全体员工上下齐心，一定要保证在我们北京分行开户的慈善机构用最短的时间，最简便的手续，最快的结算速度办理业务。

在年初我们经历雪灾救援的时候，刚好是春节即将来临，我们为了配合中国扶贫基金会、红十字会的工作，没有放假。春节是中国人最隆重的节日了，每个人都希望能回家团圆，但当灾难降临的时候，我们不但要保障这一救灾的款项的结算，还要保障那些没有回家和在节日期间需要我们支持的客户。

银行所有工作流程都是非常严谨的，虽然我们想给一些绿色通道的支持，但是从结算的要求上，有的时候不允

⊙中国银行的志愿者正在清点小学生捐来的零钱

⊙中国银行金融中心支行志愿者团队30人，分别于5月17日、18日在基金会的救灾捐赠现场，利用其专业特长专门做善款的接收、清点工作。图为中行志愿者团队部分成员在基金会大门口合影

许，比如，一些业务都需要行长的签字，要经过北京分行的行长签字，要逐级授权审批，这个流程是固有的模式。但在紧急情况下，行长希望把人员重新分配，就打乱了平时的那种工作状态，有些不适应，好多同事要在工作中去适应已经习惯了的工作流程。为了保障救灾款的顺利流转，有的同事把自己定好的手术预约做了无限延期，有的同事推迟了婚礼，自己的事哪有国事大，既然赶上了就要尽心尽力做好服务。

我们到基金会捐赠现场去收款，如果是平时，看到那些我们喜欢的明星就会驻足，就会兴奋不已。但那时看到了很多演艺界的明星，还有的人是在拍戏时从剧组直接来的；家长带孩子，孩子抱着存钱罐和老人相携而来；白领下班急冲冲赶来；机关单位、国家团体，各行各业的都有。那时看到钱就像雪片，四处飞来，摊在地上。那些钱摊在地上时就像是一排排彩色数字，就是这些数字给灾区人民带去了福音，带去了温暖，带去了全国人民的爱心。

　　要及时清点这些善款，要准确无误。我们不敢喝水，怕喝水去厕所而耽误时间，顾不上吃饭，怕吃饭时就让捐赠人等候。

　　由于忙碌的工作，对家的关注就少了。刚开始是睡不着，因为回家太晚，一时还处于亢奋状态，脑海里过的全是钱。有一次我睡过头了，怎么也醒不过来，老公说他抱着孩子进来了几次，都不忍心叫我起床。他不理解的是，我又不在基金会工作，怎么也会这么忙？我当时还埋怨他不叫我起床，耽误了工作。下午的时候，他打来电话问我，晚上想吃什么。我知道他不喜欢做饭，当我听到他问话的时候，为我早上对他的埋怨感到愧疚。

　　当时我们有同事家孩子要高考，有的小学升初中，有的初中升高中，但他们已经把家庭的大事放在了国家大事的后面，让家里的其他家庭成员去承担，真的是把200%的精力投入到工作当中。我们两个行长都不回家，坚守在办公室，困的时候他们在办公室趴一会就立刻又投入到工作中。

　　基金会的同志一直都觉得我们帮了他们很大的忙。行里派我们过来以后，对于基金会的业务我们也不是特别专业，每天数大量的现金，大小面值都有，满地的钢镚儿有时要用脚分开。点钞机和手工并用，特别怕错，一笔款哪怕是多复核两三遍，也要力争做到准确无误，每天心都是悬着，直到他们确认完才能踏实。

　　有时遇到来捐款的人，会逗留一会，跟我们聊聊地震的事，那时候我们的感觉真是万众一心，一个非常强大的国家，一个非常友爱的群体，特别自豪。

◎ 在基金会当志愿接线员 （志愿者 王璇）

　　把思绪又揪回到那个时刻是非常困难的，因为任何一点回忆，都会瞬间勾起心底无穷的悲痛，也有那说不清的感动。

　　2008年5月13日的中午接到朋友扬子的电话："中国扶贫基金会紧急

招募志愿者，你有时间吗？"　"给我地址，快点！"

清楚记得我刚来的时候，大家都已经忙得不可开交，没人有时间来理我，一个比我先来的大姐很简单地跟我介绍了工作，然后对我指了指墙壁上贴的指示条："赶紧上岗小伙子，四川等着我们。"已经不记得第一个电话是什么，是怎么开始，又是如何手忙脚乱给别人解释，怎么跟全国各地人们如何用方言交流，但那些感人瞬间却像烙印一样深深地印在了脑海里。

有河北邯郸的兄弟操着方言说："我们这边有二十多个人，我们要去四川救灾，我们都已经安排好了，你们帮我们安排一下四川那边。"记得当时我把电话交给领班，领班跟他们解释了好久好久，一再强调当地还有余震，不是专业救援队不能进入的情况，对方才依依不舍地挂掉电话。不知后来他们有没有倔犟地前去灾区。

北京的一房车媒体打电话过来，说他们要在城八区组织活动，无偿出动他们所有的房车，提了好多的建议，后来在北京人流多的地方我们安排了流动捐款点。

有个大牌的演艺明星亲自打电话过来，第一次要捐10万元，我们接线员一惊，他立刻又加了10万元，还一直告诉我们要匿名。后来在报上我见到他在其他的基金会还捐了很多很多。

新疆乌鲁木齐一慈善医院组织医生自发去四川救灾，打电话给我们的时候他们都已经买好机票，但是还没有联系四川那边，我想他们可能是紧急商量后马上做出的结果，向你们致敬！

印象最深的是一个女孩儿，电话里没说两句就开始哭，原来她是在北京工作的四川女孩，在网上发帖和用QQ群招募了一大帮人和一些汽车，要给我们运物资，让我们帮忙联系四川。可敬的四川姑娘！

有一个刚从米兰下飞机就给我们打电话的华人，在电话里对我们说，他在米兰看到报道，一直怀疑是不是意大利媒体造谣，在询问查实情况后马上要求捐款。

一个在山里住的大叔，村里没有信号就跑到山顶上给我们打电话，说他们村里没有汇款的地方，能不能从电话费里先扣……

等到半夜的时候，我们接到了来自德国、英国、美国、挪威以及澳大利亚等国的华人以及留学生的电话。

接下来的日子里，无数的好心人打电话过来要领养孤儿；每天都有边哭边打着电话捐款的人们；有拿着大袋被子直接奔办公室而来的两个小女孩；还有很多不愿意留下联系方式的好心人；热线电话24小时地不停歇。

在基金会的每一天里都被感动到无以复加，我能反馈给他们的，除了我心里的感激外就是不停地对电话那头说："谢谢！谢谢您！谢谢您的爱心！谢谢……"

然而我真的很欣慰，我看到更多的是中华民族团结的力量，我们有这么多可敬可爱的中国人，他们一直给我们最大的支持，他们一直在努力，他们给我反馈最多的一句话是"这是我们应该做的。"

◎ 那次特别而激荡人心的任务（新长城项目部成员 刘园月）

5·12汶川地震的第二天，作为大学生志愿者，我和往常一样到中国扶贫基金会上班。我的主管告诉我，我将要被借调到财务部，协助做好现场捐赠的接待工作。当时也没有多想，当作正常的工作任务接受了。如今我已经成为中国扶贫基金会的一名正式员工，回想起来，那一次的工作任务是最特别也是最激动人心的。捐款捐得热火朝天，捐得感人至深，用这两个词来形容，我认为并不为过。

5月13日起，到会里来捐款的人们便络绎不绝。当时把五楼的会议室用作了现场捐赠接待室，来捐赠的有老人、孩子、大学生、上班族，有普通人，也有一些名

◎填写捐赠登记单，收善款并清点，开具票据，开具荣誉证书

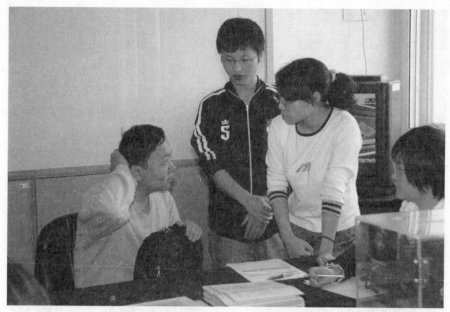

⊙向捐赠者回答关于捐款手续的问题

人，接待室经常出现挤得水泄不通的景象，放在桌子上的捐款箱很快就会装满，十元、二十元、一百元。

记忆特别深刻的是一对来自四川的男女青年，他们是楼下店铺的普通店员，办完捐赠手续之后，他们苦苦地说，能不能给他们提供一个捐款箱，他们两个要到大街上去募款，不为别的，就因为自己是四川人，就想在北京能为家乡人多做点事情，说着说着泪水就出来了。按照规定，我们不能满足他们的要求，最后看着他们离去时还在抹泪的背影，心中甚是酸楚。像他们这样到基金会捐款而落泪的人有很多。

再有就是小学生们排着队，戴着红领巾，抱着捐款箱到会里来捐款，箱子里的全是零钱。看着小朋友们沁出汗水的笑脸，说实话，心中是欣慰的。不过，数钱就成了我们痛苦的事，"数钱数到手抽筋"就是这个状态了。另外就是一些外国留学生到基金会捐款，还带来了用不同语言写满了祝福的话语。那时，我看到了什么是"一方有难，八方支援"，这句话在2008年说得最多，这也是一句很普通的话，但却非常贴切地说出了所有的内容。那时，我也体会到了什么是"团结一心"。

⊙小学生捐款

　　按照捐赠方式来分，有现场捐赠、银行汇款、邮局汇款、网上捐赠，因此根据不同的捐赠方式需要有不同的专人来负责。我负责现场捐赠的接待工作。现场捐赠，指的是捐赠人直接到基金会进行现金或者支票捐赠。而接受捐赠是一件非常严谨的事情，现场捐赠的接待，就需要多人的配合。从捐赠人进门开始，需要有人接待引导，填写捐赠登记单，收善款并清点，开具票据，开具荣誉证书。环节多，捐赠的人也多，曾经一度设做接待的会议室不够用，人都站不开。我主要负责协助捐赠人完成捐赠登记单的填写、开具票据和荣誉证书，还包括介绍基金会。每一笔捐赠都要开具票据，起初没有电子开具票据的系统，只能依靠手工来写，开票据开到手抽筋，开荣誉证书开到手抽筋都是很正常的事情。每一位参与的人，都顾不上喝水、上厕所，到工作结束时，无一例外嗓子都是哑的。

　　接受捐赠的工作，仅仅依靠财务部的工作人员根本忙不过来，需要志愿者来帮忙。所以找志愿者也成了我的重要任务之一。班上的同学自然不能放过，因为临近大学毕业，要写毕业论文，所以班上同学时间也不多。于是开始找学弟学妹，还有社团里的人。用财务部李主任的话来说，就是每天我都要把手机里的联系方式翻看好几遍，看是否能找到人来做志愿者。志愿者的时间不固定，每天工作结束时，我就要问对方明天是否还能来，不能来的话，我就得重新开始找人来做志愿者。所幸，很多来捐款的人看到志愿者们在忙活，都会问我们是否可以做志愿者。志愿者们的流动性非常大，这就给工作带来很大的困难，几乎每天都要对志愿者展开培训，好不容易把基金会的基本常识熟悉了，工作流程熟悉了，志愿者又走了。

正常的上班时间是早上9点至下午5点半。然而渐渐地，正常上班已经满足不了捐赠人的需求了，于是上班时间从9点调整至8点半，甚至是8点，下午忙乎到晚上8点甚至9点。在我们收拾东西准备下班时，仍旧会有捐赠人推门进来，问是否还能捐款。因为来捐赠的人有很多是上班族，因此中午12点至14点，17点至19点还是捐赠高峰，我们和志愿者们通常连中午饭也顾不上吃，中午和晚饭只能在办公室吃快餐，从那以后对快餐也有了心理阴影。

那时的自己还是一个志愿者，通过将近一个半月的捐款接待工作也促成了我留在基金会工作。庞大的捐赠数字中，除了工作的重要意义之外，我还看到了基金会的处事风格，严谨而负责任，每一笔捐赠，每一笔善款的用途都非常清晰。

◎ 善的力量在涌动——NU SKIN如新集团汶川地震救灾纪实

蜜儿餐

5月24日，汶川地震发生后的第12天。一支由如新中国大中华区总裁范家辉和20多位志愿者队伍马不停蹄地赶赴位于天回镇成都军区总医院、什邡县等重灾区，为的就是能最快了解到受灾民众的需求，让他们在第一时间就收到如新人送出的爱心救援物资。72000份蜜儿餐将用于此处伤病员的营养补充。

63

⊙如新中国大中华区总裁范家辉（右四）亦亲手为病房中的每位勇士端来"爱心粥"

　　5月23日，在如新志愿队赶赴灾区的前一天，经过近10天昼夜不停地行驶，满载11004包蜜儿餐的卡车从黑龙江鸡西驶到成都，并在成都军区总医院分散到都江堰、雅安、阿坝、汶川等地。

　　成都军区总医院在此次汶川大地震中是成都最早抢救伤病员和派出医疗队，且目前救治伤病员最多的医院，先后已收治了1800多名受灾伤员。在医院的空地上，我们看到这里仍然搭建了许多临时使用的军用帐篷，很多伤员的亲属就住在这里。听说医院里收治了很多小病号，如新志愿者们特地起了个大早，给孩子们买来了玩具和学习用品。出发前，他们在悉心整理这些礼物，想让孩子们早日感受来自家人的温暖。

　　在认真了解和仔细分析了蜜儿餐的营养价值后，医院营养科的医生们决定接收72000份蜜儿餐，并为急需营养的伤病员们感到欣慰："这样的营养食物对于重伤员、老人、产妇等健康恢复都非常必要。"

　　为了使蜜儿餐食用时更符合伤员们的身体状况，营养科的李医生建议将蜜儿餐做成半流质的稀粥，并亲自监制和品尝了第一锅"爱心粥"，如此负责任的精神令我们深受感动。在品尝后，李医生不仅肯定了蜜儿餐的营养价值，而且认为它的口感也很好。

在医护人员的陪同下，志愿者们小心翼翼地将这刚出锅，热乎乎的"爱心粥"送往医院的病房。这所医院的骨科里收治了很多在此次震中肢体受伤的病人。当经历了精心的治疗和呵护后，大多数病人恢复了对生活的信心，重新展露出笑容。他们的坚强无不令在场的人动容和钦佩，范家辉亲手为病房中的每位勇士端来"爱心粥"，祝他们能早日康复，重建家园。

"啊……"地震中幸存的这个女孩只有两岁半，闻到蜜儿餐的香味后，她不禁张大了小嘴。医生告诉我们，她的双下肢已经骨折，但平时治疗时很少哭闹。在收到志愿者们送出的玩具时，女孩冲着我们懂事地说了声"谢谢"……

在震后的援救中，很多幸存者皆表现出顽强的求生欲，而躺在床上的这位伤员就是什邡市红白镇中学炊事员李克成。地震后他仅靠4张作业纸和一瓶尿液，坚强挺过了108个小时。

所幸的是，他的伤势并不严重，据医生介绍，他的病情非常稳定，已经在做康复治疗了。"坚持是最重要的！加油！"一旁的范家辉为他打气。

有的人去了天堂，有的人来到人间……在医院的妇产科里我们再次感受到了天使般的温暖。怀抱中这个7斤半的小生命刚刚诞生于5天前，他的来临无疑为北川中艰难逃生出来的这位藏族母亲带来了新的希望和活下去的勇气。

下午1点左右，志愿者们结束了短暂的探

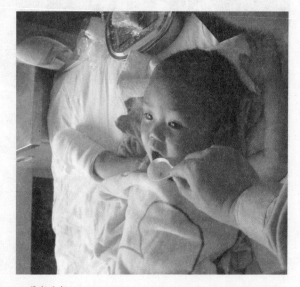

⊙喂蜜儿餐

65

访。由于病人们对蜜儿餐一致的好评，李医生告诉我们，医院已决定将援助的蜜儿餐熬成易于消化和吸收的营养粥，用于伤员们每日的早餐，以及重症病人和孕妇的营养加餐。

这一切，仅仅是一个序曲，持续的援助仍在进行。我们希望，所有人能在悲痛中汲取前行的勇气，传递你我善的力量……

物资直达灾区

5月25日清晨7点半，这支承载着如新人爱心的志愿队又先后奔赴此次地震的重灾区之一德阳及什邡县八角镇、蓥华镇、红白镇，为在艰苦条件下工作的救援部队、医疗人员和灾区群众送去6800瓶 "丝昂洁手晶露"和6000瓶 "如新驱蚊液"，用于当地军民的日常清洁和防疫。

上午9：30，我们抵达当天支援的第一站——德阳。此时，该市已遇难1万余人，市内设立了很多灾民安置点，市政府门口也有人就近搭起了帐篷。德阳市政府大院内，有中国扶贫基金会在此露天设立的临时赈灾办公室，也有各地自发组织的志愿者们，而大家怀抱着的都是同一个心愿。

⊙搬运物资

有员工反映，江油当地救援部队消毒工作困难，很多军人没有地方洗手，当地蚊虫叮咬特别严重，孩子们更受侵袭。为此，如新志愿队专程向江油妇幼保健院的代表赠送了丝昂洁手晶露和如新驱蚊液各960瓶。

⊙如新志愿者亲自为士兵喷涂驱蚊液

近中午，在一路颠簸2个小时后，我们终于抵达了此行的第二站——什邡县八角镇。镇政府内的大楼已震裂成危房，政府门口的瓦砾堆上赫然矗立着一个孩子们写在纸箱上简陋的感谢牌——"感谢解放军叔叔！" 在这里，部分受灾较轻的灾民已解决饮水饮食等基本需求，而日常的生活起居则全部在这个用编织布搭建起来的帐篷里。

从重庆运来的黄瓜，将从八角镇政府运往更偏远山村的受灾民众。看到有人给灾民忙着装运蔬菜，我们的志愿者们也自发加入了装运的队伍。

下午13时左右，什邡县扶贫办及八角镇的工作人员告诉如新志愿队，由于天气原因，前方的路况有滑坡和塌方的危险，志愿者们却纷纷表示仍将继续前行，抚慰受灾同胞。

从八角镇去往蓥华镇的路上，我们遇到了在当地驻扎的救援部队。这是一支来自河南开封的空降兵部队，也是进入什邡灾区最早的部队之一，在此次什邡的救援抢险中立下了汗马功劳。由于连日来不分昼夜地艰难救援，军务处陈科长告诉我们，很多解放军战士的体力下降严重，随时可能受到疫情的侵袭。

如新志愿者们将这次带来的丝昂洁手晶露和如新驱蚊液各2400瓶物资捐给了这支空降部队，并亲自为解放军战士们喷涂驱蚊液。

下午14点40分左右，如新志愿者终于抵达此行的最后一站——红白镇。透过车窗志愿者看到，由于地震已形成了多处山体滑坡、崩塌，到处都是垮塌的房屋，满目苍凉……大多数建筑物已经严重扭曲，甚至倒塌、粉碎，连工厂也无法幸免于难。这里比八角镇和銮华镇的受灾情况还要惨重，俨然已成为一个巨大的废墟场。

除了送来如新的产品，如新的志愿者们还为灾民准备了许多食品、玩具、妇女卫生用品等。得知这一消息后，附近的灾民纷纷聚拢过来等待领取救援物资。

听闻如新志愿队赴灾区慰问的消息后，如新天津分公司的员工紧急自发筹款，并委托志愿队购买妇女卫生用品。他们的体贴关怀，为当地受灾女性解了燃眉之急。

下午15点45分，在全部发放完此次携带的百万元物资后，如新志愿队离开红白镇，踏上了回成都的路，受灾民众和我们依依惜别。

更多的爱心活动还在继续，借此一并感谢中国扶贫基金会在如新参与汶川抗震救灾过程中给予的支持和帮助，让善的力量在心手相连中传递并发扬。

第二部分

为爱心架起桥梁

2008 年5月12日，中国扶贫基金会联合新浪网第一时间发起抗震救灾募款倡议，成为最早响应灾情的大型公益机构之一；5月13日，中国扶贫基金会决定成立紧急救援领导小组，下设协调、宣传、救援、后勤和财务5个行动小组。当天，与筹款活动相关的资讯与宣传工作全面展开；24小时捐赠咨询热线及各种捐赠渠道相继开通。

在地震发生后的几个月内，中国扶贫基金会先后联合中央电视台、中国教育电视台、凤凰卫视、湖南电视台、重庆电视台、黑龙江卫视等电视

⊙5月15日，在中国农业电视电业中心"众志成城·抗震救灾特别节目"现场，众企业纷纷慷慨解囊

媒体，新浪网、搜狐网、人民网、网易网等网络媒体；《人民日报》、《北京青年报》等平面媒体；中国国际广播电台、中央人民广播电台、北京人民广播电台、北京交通广播电台等电台媒体以及众

⊙国务院扶贫办和基金会的领导在赈灾晚会上呼吁各界献出爱心

多户外广告媒体，以多种形式，展开了自基金会成立以来最高密度、最大范围、最长时间的抗震募款宣传。汶川地震发生后的短短一个月中，中国扶贫基金会联合主流媒体举办了"众志成城·抗震救灾"数十场赈灾筹款活动，最大范围地动员社会各界力量参与到抗震救灾之中。数以万计的市民、名人明星、企业机构直接参与到募款活动之中。

◎ 从"圆梦2008"到抗震救灾（中国扶贫基金会副秘书长李利、资源开发部副主任张雅静、资源开发部主任助理丁亚冬）

从2007年的"春暖合作"开始之后，我们就一直探索通过和中央电视台的品牌栏目合作来开展筹款工作。2008年借着奥运的机会，我们跟央视新闻频道"共同关注"栏目就合作了"圆梦2008"公益行动。为了做好"圆梦2008"我们做了充分的准备，包括开通捐赠热线，建立专门的官方网站，以及配套的网络筹款平台。这一切准备，都为我们在汶川地震到来的时候，能够做出迅速响应提供了支持。

3月份，我们在全国召开了一个"圆梦2008"的媒体策划会，联系了全国大部分的主流媒体。4月24日，我们和中央电视台新闻频道在人民大会堂共同举办了"圆梦2008"的启动仪式。全国人大副委员长周铁农、全

⊙晚会现场，唐国强等众明星共诵《大爱无边》

国政协副主席郑万通亲自为"圆梦2008"大型社会公益行动揭幕。国务院扶贫开发领导小组副组长、扶贫办主任范小建，中国扶贫基金会会长段应碧、国家广播电影电视总局副局长胡占凡、中央电视台副台长罗明、中宣部、国家发展与改革委员会、财政部、科技部、农业部以及来自海南、内蒙古、河南、云南、四川等20多个省（自治区、直辖市）扶贫办（基金会）和新闻媒体领导或代表近400人出席了启动仪式。启动仪式由中央电视台罗京和敬一丹主持。

当汶川地震消息传来的时候，我们立即与中央电视台新闻频道"共同关注"栏目组沟通，地震已经来了我们的"圆梦2008"怎么办？随后我们达成了共识，"圆梦2008"要停下来，手头所有工作要转向抗震救灾。

全国首场抗震救灾晚会

当汶川地震消息传来，我们意识到灾情可能很严重。当晚接到新浪打来电话说："汶川发生了地震，你们扶贫基金会救不救？"我们怎么能不救？于是扶贫基金会和新浪网联合发出倡议书。新浪网娱乐部联系了刘德华等很多艺人，向他们发出了劝募信息，很多艺人都为灾区捐赠了物资及善款。

记得5月13日早上我们就为抗震救灾开会了。马上进入一级救援状态。就连原有的公益捐赠都发生了变化。原本计划捐"圆梦2008"的一些企业纷纷要求把钱用到灾区，把捐赠的物资和善款都献给灾区最需要的地方。当天一直到晚上11点多的时候，我们一直都在联系有关单位和个人，希望他们都能伸出援助之手，帮助那些遭受灾难的同胞。

与此同时，很多企业都通过热线电话表达了他们的捐赠愿望，也是对我们基金会和灾民最大的支持。

为了进一步扩大影响，我们开始紧急策划晚会，因为晚会最能反映灾区的情况和全社会对他们的关心。我们第一时间联系了中央电视台新闻频道"共同关注"，也是我们"圆梦2008"的合作方，对方给我们的回答是因为中宣部或台里面有一些相关的要求，他们要等台里通知，我们想这样时间可能会耽误了，于是我们决定联合其他的媒体一块来做。这个时候那英的经纪人告诉我们，凤凰卫视可以来和我们合作这样一场晚会，于是我们就找到了凤凰卫视确认了合作，正式进入晚会的策划。

与扶贫基金会之前就有很多合作的媒体人严子翔和原来在央视做导演的张东辉女士来基金会捐款，捐完款之后人被我们"劝捐"留在了基金会。款捐了，人也留下。之所以能留在我们这里，也是得益于我们的团队以往做过的几十场很成功的晚会和大型活动。从2006年到2008年这三年间我们合作了多次，有着很多晚会的执行经验，能与导演很好地配合。

5·15大型公益晚会是全国范围内的首场抗震救灾晚会，有三个

⊙5月15日赈灾晚会现场

频道现场直播，然后凤凰卫视、黑龙江卫视、中国教育电视台转播，后来山东卫视也转播了这个晚会。而央视也在组织策划5·18"爱的奉献"的晚会，但因为他们的宣传主题思想要得到上级主管部门的审批，所以在时间上我们就远远跑在了前面。

最令人难以置信的是因为这次的晚会活动是在抗震救灾期间完成的，所以各个电视台的转播也打破了原有的条条框框。省去很多了初审程序，对节目内容、节目里涉及了哪些演出、有没有政府批文、是不是需要对录制内容进行剪辑，都没有过问，只要是中国扶贫基金会主办的节目，就立刻在电视上转播。

我们用最短的时间请来了一些专业人员，包括艺术总监也是凤凰卫视的一位女士，当她听说我们这次晚会是赈灾晚会，就立即答应了我们。在国难当头的时候，没有人会计较自己的得失，每个人都有很强烈的社会责任感，只要是我们需要，都不会拒绝。就是在这样临时找的导演、导播、设计、灯光、字幕等一些专业人员组成了一支制作团队。

⊙5月17日晚会现场

整个救灾期间，热线电话真是打爆了。最令人欣慰的是，我们原本用来接听"圆梦2008"活动的12部热线电话算是派上了用场。接听捐助者的电话成了最繁忙的地方。为此，我们召募了一大批志愿者到会议室，做了一个简短扼要的赈灾紧急培训，基本上掌握了如何接听捐赠电话，如何说明赈灾活动的状况等事宜。

⊙首都机场树立的公益广告牌公布了基金会的捐赠热线和短信捐等捐赠方式

电话声不断，那么就意味着我们不能离人，需要接听员24小时在岗接听。在电话热线办公室的墙上，张贴着基金会的银行账号以及外币账号，多途径接受捐赠。我们还配备了两部手机，在手机上存储了基金会的账号和事先编辑好的与捐赠相关的信息，这样就大大加快了交流时间，缩短了让对方等候的时间。

很多接线员都累得说不出话来，这里还有许多感人的故事。没有长时间接电话的人不知道，长时间接电话你会发现你的耳朵，甚至是接电话的半边脸都是热的。有个姓赵的大姐，上班的时候不敢吃鱼，怕鱼刺卡了嗓子影响工作；接线员水杯里泡的胖大海有时也喝了下去。

做完了这场晚会后，曾经有个会务公司跟我们联系说，以后我们做活动可以找他们做。我当时就笑着说："其实基金会好多人都可以办会务公司了。"

是啊，从晚会的策划到晚会中的每个环节，各个流程我们都是烂熟于心，还有什么我们做不到的呢！

空前绝后的晚会

两台赈灾晚会的成功是有目共睹的，它的轰动效应和在社会中的影响也是功不可没的。但在这背后还有许多默默无闻的工作人员，他们付出了更多的辛苦和心血，我们成功的背后就是他们的身影。

晚会我们是在中国农业电影电视中心做的。他们的设备相对简单。比如说我们第一场的时候，他们的字幕机是老款的，而对我们来说，字幕是非常重要的。这就出现了问题，有一些字幕就缺失了，观众看的时候会有一些边边角角看不见。现在咱们看的电视底下有一排字幕，纵向还能出字幕，当台上有人唱歌的时候，字幕应该显示歌词，可是那一场晚会根本就没有前期彩排，所以我们就没有歌词显示。

怎么办？我们大胆地做出了一个决定：把捐赠的企业名单全都用定屏的方式，占了屏幕三分之一的位置，不断地播出算是对他们捐赠的褒扬和倡导。

企业名单就这样在毫无预想的时候传上去，因为定屏的出现，的确能让一些企业得到一定的回报，这也是企业行善的意外收获吧。

做这样的晚会，如果有长时间的筹备，很多细节就会很完善，节目单

⊙赈灾晚会现场众企业纷纷举牌认捐善款

的设计、内容的穿插等都有具体要求。而我们这次晚会是在短时间策划，只有大框架和基本栏目，所以只有把基金会重点要展示的内容、每一篇章的高潮，以及整个晚会的主旋律都能贯穿始终，穿插上表演就OK了。

◎赈灾晚会现场众企业纷纷举牌认捐善款

我们现在要求的策划是公益事件故事化、故事细节化、细节冲突化。目的就是要吸引大家的目光，让热爱公益事业的人把着眼点聚焦在这场灾难。随着我们与各个宣传合作伙伴的配合，我们自己也在学习这些媒体专业知识。

因为是赈灾晚会，所以我们更注重新闻性和时效性，还要有真实的故事囊括其中。在中央电视台举办的5·18晚会上的那个找到失散家人的汶川小女孩，就是在我们首播的时候由基金会的一线人员发现的；还有三个孩子是我们委托四川省扶贫基金会在北川找到并送到北京晚会现场的，让他们在我们的晚会上出现，也许能帮助他们很快就找到失散的家人，也帮助他们在新的环境里的心理恢复。

5·15大型公益晚会的成功，不仅扩大了我们基金会在赈灾救援中的影响，也感染了很多没有赶上这次晚会的企业。捐赠工作还在进行中，基金会决定5·17再一次掀起捐赠高潮。同样的布景，同一个制作团队，同样的心情。一些没有赶上捐赠的企业和演艺界的艺人都纷纷加入我们的5·17公益晚会。

在这里，我还要特别感谢与我们合作的电视台，同样的节目在同一档期重播，用同一个背景同样的舞台，一样的主题也是破例。不管是黑龙江卫视还是凤凰卫视，无论是他们选择了直播还是延播，都是对我们工作的支持，我都要深深的感谢他们。

⊙来自北川的三个孩子希望能够通过晚会寻找到自己失散的亲人

　　每一个板块都有很多的故事，导演有导演的故事，我们在两场晚会，我们是邀请我们的合作伙伴，天晓的王晓雷来帮我们做晚会的舞台，他们第一时间就为我们提供了很多的创意，特别让我们感动的是，他们创造性地制造出了一个废墟的访谈场地，在舞台的左侧。这个场地是连夜去工地里面拉一些废墟的物料，然后在舞台上搭建出这样一个场地，真实地富有现场感地还原了地震给人类造成的伤害。

　　另外，还要感谢的是中航卫星，是他们帮我们测试计算卫星传输信号的频率和数字，才得以让我们的节目能在最快的时间里传遍千家万户。

　　在72个小时之内做两场现场直播晚会，并且连租卫星这样的事情都是由我们的公益机构独立承办，这样的事情在公益史上可以载入史册了。

"爱的奉献"晚会上的女孩白琳

　　为了要做两场直播晚会，我们希望能够找到一些地震孤儿，或者没有找到父母的人来到我们的晚会现场，通过他们来讲述，来告诉人们，救灾的进展以及我们对灾害救援的重要性。后来，通过四川省扶贫基金会，我们把白琳请到晚会现场。看到了我们这台晚会，中央电视台分管晚会的台长胡恩亲自给扶贫基金会打电话，希望我们一定无论如何要把这些孩子送到中央电视台演播厅，参加5·18"爱的奉献"的晚会，让全国人民都能够看到这些孩子，能够关心他们。因为当时刚地震完，如果通过电视还能够帮他们找到孩子，找到他们的家人，那可能对灾区的人民将是更大的鼓舞。

5·18晚会前夕，与亲人失散的汶川女孩白琳是由我带着到晚会现场。在上台前，在后台的休息间，主持人白岩松来到她面前，向她说明了自己会问什么样的问题，让她不要紧张。在台上的白琳显得还比较自如，白岩松当时的采访也很镇定。对于白岩松这样专业的主持人，我以为是不会出现什么问题的，但没想到的是他一下台就控制不住自己的情绪晕倒了，央视后台的工作人员急忙扶着他，看着他泪流不止，一时无法控制自己的情绪，我才明白一个好的主持人是要把自己的情感融入到节目中，融入到现实中一个失散亲人的孩子，一个想念自己父母的女孩的心里。这让我看到了一个幕后的白岩松，一个真实而富有爱心的主持人。

⊙赈灾晚会之后，女孩白琳（左五）与其他两位来自北川的同伴来到中国扶贫基金会并与会领导合影

因为我们还要赶着做一个新闻频道的直播，所以在"爱的奉献"晚会结束白岩松的采访后，我和白琳就离开了现场。在赶往下一个现场的路上时，我就接到了电话，说白琳的爸爸找到了，要我们立即赶回去。她爸爸是在体育馆看到了晚会直播，看到了自己的朝思暮想的女儿，才知道自己的女儿还活着，于是就找到了一个当地的民警，这位民警就马上给四川省抗震救灾指挥部打电话汇报了情况，指挥部的人立刻报告给在救灾一线的四川省委书记刘奇葆，然后就联系中央电视台，说抗震救灾指挥部的刘奇葆同志要跟全国人民通话，要感谢全国人民，要安排这个临时节目。

当刘奇葆把这个消息告诉中央电视台的时候，我和白琳也赶到了晚会现场。依然是白岩松的问话，他让连线四川，让白琳听一个声音，随即白琳爸爸的声音就从遥远的灾区传到了演播大厅，全国人民都看到了那激动人心的时刻，孩子找到了亲人，我们更是受到了鼓舞。

直到现在，中国扶贫基金会还资助白琳，希望她能在温暖中健康成长。

汶川地震牵动着全国各族人民的心，每每看到电视里那些感人的场面，作为救灾的亲历者我都禁不住自己的泪水。这泪水里浸染着我们对灾区人们的牵挂，也浸染着我们对前线的救灾人员的牵挂。

韩红爱心行动

在"爱的奉献"晚会现场的韩红就对我们说，一定要跟我们一起去灾区，还要以她的名字命名一个新的行动——韩红爱心行动。韩红爱心行动是通过北京的1039广播的，1039一路畅通的节目主持人李利和杨洋不停地播报，然后我们在雍和宫附近设置了一个捐赠点，韩红全公司的人都去了，扶贫基金会的一些志愿者也去了，整整三天三夜我们都没合眼，捐赠的场面到现在还记忆犹新。没想到1039的号召力会如此强大，捐赠点排起了长队，物资和资金源源不断，有些收听到的听众还把捐赠物品直接送到了基金会。

当韩红了解到这个情况后，就说看看前线缺什么，我们可以根据需要募捐。我到了灾区后发现政府提供的基本上都是方便面，而四川人喜欢吃米，我就把情况通报给了1039，紧接着就有人捐赠大米。

⊙2008年5月20日韩红爱心救援行动来到什邡市龙居小学进行灾情考察并进行了善款捐赠仪式

看着基金会院里堆放成山的大米和各种食品，我们担心一旦下起雨来就会遭受损失。怎么办？运输是大问题，因此我们就联系到了宅急送，他们答应免费运送这些物资，但装卸的人手不够，所以要我们派扶贫基金会的小伙子扛。这就是后来小伙子们肩膀红肿疼痛一个多月的原因。那些贴着抗震急救LOGO物资的运输车就这样一路开到了灾区。

后来我们到了四川德阳，在那里见到了扶贫基金会的同事，看着他们满脸的倦容和满身尘土，就知道很久都没有好好休息和洗澡了。我就问："你们哭没哭？我看到那些惨不忍睹的地方哭了好多次。"他们告诉我说，他们的眼泪已经流干了，现在是心痛。

当天韩红就代表扶贫基金会去了什邡龙居小学，并把300万元捐赠给了学校。2010年的时候，我再次去了什邡龙居小学，是去参加他们学校的落成典礼，韩红也去了，她是这个学校的名誉校长。

后来我们这个团队一直就在灾区做救援工作，在已经戒严的北川看到了防化部队做消毒工作，切断传染源。那沾满了像肉泥一样的废墟，真是惨不忍睹。

⊙2008年11月，韩红爱心救援团队再赴灾区，图为捐赠仪式现场

⊙韩红到什邡市杉木林村给村民发放棉被

我们一路在灾区发放着物资，灾区同胞需要什么我们就捐什么。我们没有固定的仓库可以存放物资，这样也给我们的工作带来了不便。后来我就跟韩红商量，别捐东西了，不如我们就捐钱，这样灾民可以根据自己的需要购买所需。

在灾区，我们看到了中国政府的救援密度，井然有序；看到了武警官兵们不畏艰险忘我的救援。在灾区，我们看到了各地送来的粮食、猪肉、蔬菜等物资；也看到了灾区人民在灾难面前的相互照应和关心。

因为汶川进不去，我们就回到了成都。我们得到了成都郊外的空军陆航团的支持去了汶川青川附近。最后一次坐飞机是跟其他的明星一起，之后，那架我们乘坐过的飞机就在下午执行任务时不幸失事了。

余家湾小学

甘肃陇南地区的余家湾小学，是中国扶贫基金会在陇南地区援建的第一个板房学校，也是中国扶贫基金会救灾队伍第一次进入甘肃灾区。

因为那时候大家都不太关注甘肃，所有的目光都集中在四川，他们都被忽略了。我们去甘肃筹款，从四川去甘肃其实有很多路，最近的路是从九寨沟走，青川和文县只是隔一条小河，而我们必须绕道兰州，再从兰州经过天水然后一直到陇南。因为九寨沟这条路都瘫痪了，被滑坡覆盖，没有办法走。

我们到了兰州以后，就找到了扶贫办，但他们还没有进入到救灾状态，跟我在四川见到的情形很不一样。虽然震中在青川，其实陇南也很严重。结果那么重的灾区知道的人很少，捐赠也少。

⊙到达余家湾

我们租了一辆吉普车，然后跟央视的一个记者，两个人开车上路，从兰州到陇南，路况很差，六七百公里的路走了两天，别说有多疲惫了。有一次开着车人就睡着了，迎面就有一个大车开过来，幸亏旁边的人一把方向盘给打过来，不然我可能就成了"烈士"，真的太困太累了。

还有两件比这还惊险的事。因为我们开的车都是老旧的，没有现在高级车辆的陡坡缓降功能，所以在下坡的时候我们就经常踩刹车，踩着踩着刹车就失灵了。我就把手放在手刹上，低速档滑下去的。好不容易熬到了山下的地方后，我告诉他们说刹车失灵了，全车的人都吓坏了。

接下来，我们沿着崎岖的山路向陇南前进，路像山中劈出来的，两旁都是悬崖峭壁。就在我们快要到达目的地的时候，我突然觉得车后面一沉，我的第一反应是爆胎。但下车一看，车前的路上一个轮胎在滚动，再

◎深圳月朗科技有限公司董事长陈怀德先生率公司管理层赶赴余家湾村进行考察

看自己的车才知道是后面的轮胎自己跑掉了，这车轱辘也能自己跑。看着跑掉的后轮胎，我暗自庆幸着，多亏不是能控制方向的前轮，如果是前轮胎的话，那今天坐在你面前的可能就是一张黑白相片了。经过检查后发现是固定轮胎的螺丝断了，好险啊。

就这几百公里的路，我们经历了刹车失灵、后轮自脱，还有余震中的滚石也把我们后车的前挡风玻璃砸了，幸好没砸到人。

在距离青川最近的地方，我们又遇到了余震。先是沉闷的隆隆声，是我们从来都没有听过的声音，这种声音跟闪电不一样，因为闪电是先看到光才可以感觉到声音，而地震像是从天边发出的传导性很慢的声音，声音很短，然后就是一阵晃动。我们看到一些还没有倒塌的房子上的瓦片稀里哗啦地往下落。说实在的，在那个时候条件很艰苦，别说洗澡，就是睡觉也不敢睡在房间里，我一直都睡帐篷。

在这样的条件下，在这个还无人问津的偏僻地方，在余家湾小学，我们跟中央电视台一起制作了一个节目，还为两个村建了临时板房校舍。

⊙已建成的余家湾板房小学

当时的板房建筑价格飞涨，我们就找到了兰州一家板房公司，商谈价格，设计样板，要质量好、经济实惠才行。结果，最后我们到财务部交接账目的时候，财务部说我们建设的板房最便宜。

我们建完了校舍，就趁热打铁，连夜把这个板房学校的体育器材和所有设施都完善好了。这样，孩子们就可以在校园里打乒乓球、打篮球，开展体育活动。从项目规划、到采购到学校全部完成建设我们只用了不到十天，这里很多当地的村民都自发的赶来帮助我们。

当我们从陇南回四川的时候，道路就恢复得差不多了，后来他们派了一辆说是温总理坐过的车，直接到广元接我们，两辆车顺利会师，然后到了成都，最后我们在成都稍作休息回北京了。

这些故事只是发生在中国扶贫基金会中一个不具备救灾职能的筹资和宣传团队。一个个故事充分证明了中国扶贫基金会是一个能够战斗的团队，地震发生了，面对着罹难的同胞，他们也很悲痛。但是，在这个团队里没有哭天抢地的悲痛，只有始终如一的专业。正是多年扶贫工作的经验，历练了这个优秀的团队。

◎ **数字与失忆症**（计划财务部主任助理唐凤美、会计刘喜荣）

对我们财务部来说，我会的汶川大地震救援行动是前所未有的考验。那段时间，整日面对的除了数字就是数字，睁开眼睛想的也是数字、各种统计的表格，闭上眼睛那些数字就像精灵一样不断闪现在脑海里。银行回执的对账单每天都是厚厚的，当时还没有自动生成数据的信息系统，我们统计表上的数据都是志愿者一笔一笔地录入到电脑里，超负荷的工作量，以至于手指落到键盘上都是木的。

为了更好地完成捐赠资金的接收、捐赠款物的数据统计与票据开具寄送等工作，做到忙中有序，忙中有数，财务部分成了三个小组：一组负责邮局汇款；一组负责现场的捐赠；另外一组负责通过银行的捐款。银行捐款统计由我负责，然后由我把三组的数据审核，并做一个汇总，汇总完了之后在规定的时间报给管理信息批露与资金匹配的同事，每天都是这样。

回忆2008年震后的那段日子，脑子会一片空白，除了数字其他的什么

⊙每天面对的除了数据还是数据

都想不起来，缺失性失忆。如果让我回忆，我脑海中依然还是数据、单据。因为基金会网站每天都要对外公布捐赠的最新数据，那么我们必须在规定的时间里编制出报表，汇总出完整的统计数据。可想而知，支票、现金、物资等各种信息每天最后都要汇集到我们这来，这样事无巨细的工作中，偶尔会有差错，我们采取对录入的信息进行多人、多次的复核，确保数据统计无误。我们要对捐赠人和灾区的人民有个交代啊。

财务不仅整天对着数字，也要面对捐赠人。我们收到捐款后要给捐款人开具票据，要按照他们提供的地址邮递过去。记得有一个捐款人的票据我们一连给他邮寄了好几次，来来回回的复印、盖章、邮寄，不知道是哪个环节出了问题，但最后他终于收到了。

其实在最忙碌的时候，我头痛的还是短期的志愿者。对于每个上岗的志愿者我们都要进行短期培训，等他们刚刚熟悉了工作环境和自己所担当的事务的时候，又要换人。那时我们就特希望他们能稳定点，哪怕是半个月也行。但人家是志愿者，不要一分钱的劳动报酬，最多也就是在我们这里吃盒饭，我们也没办法对他们要求什么。也有能做半个月或更长时间的志愿者，任劳任怨，让我们特别感动。

无人认领的票据

汶川大地震已经过去两年多了，但我们的财务工作还远没有结束，一些票据的收发还在进行，在去年的时候我们还收到退回来的票据。

记得有一天来了一对老夫妇，送来了2008年我们按捐赠人邮局汇款单的地址寄出的一封装着抗震救灾票据和证书的信，说居委会没有找到这个收件人，这张票据放在居委会好久了，今天路过这里，就顺便送回来。

其实像这样的票据很多，捐款人捐了款而没有把自己的详细情况写清楚；也有些人回过头来会想到自己曾经捐过款，但还没有收到收据和证书，就会询问。这样我们就要核对汇款人留下的详细资料，然后邮寄捐赠收据。

当时有不少银行汇款，银行进账通知单上什么都没有写。这样就无法及时寄送票据了。我们对收到的捐款都及时开具了捐赠收据，记账联入

⊙核对捐款票据

账、存根联单独装订存档、捐赠者一联无法寄出的就按编号保管起来，如果捐赠人来要捐赠收据，我们就根据他们提供的信息，如捐赠人姓名、汇款金额、时间等一一核对后找到相应的票据寄给捐赠人。但如果捐赠者的信息不全，我们就无法投递收据，所以，到现在我们的收据还有差不多一柜子没有人来认领，由我们的资源开发部专人管理。

当时我们发现这样的工作也很烦琐，就制订了一个简单的方案，把我们所有的捐赠信息录入电子表里，并逐一编号，同时要求把所有票据的右上角也写上编号，包括我们现在开具救灾的收据上面也把那个编号写上，如果我们要查一个捐赠人的票据，只要到我们的电子表格里面去找那个编号就可以很快找到相应的纸质票据了。这样既简化了劳动强度，也方便了查询。

在锻炼中成熟

回想起那时我们每天去邮局背几十万元的现金，那滋味就别提了。很多时候，我们就找其他办公室人帮忙，请他们当保镖。

每当行政交来取款通知单，我们都要按照捐赠者的档案信息录到电子表格里，表格的分类很详细，录起来也是蛮麻烦的，不能有丝毫的差错。如果录入有误，我们收到了捐款所开具的发票就无法送达捐赠人。

工作中找窍门，减轻劳动强度。我们在接受邮局汇来的捐款后，要在背面加盖公章和填写身份证、电话号，那时单据多得每天都写得手指僵硬，后来有个同事就说不如刻个章，跟邮局协调一下，这样能省很多事。随后我们就去刻了一个条形章，把常用的身份证号码、签字直接刻上去，这样降低了劳动量，提升了工作效率。

无论是银行汇款捐赠还是邮局汇款，或者是现场接受捐款，我们都形成了一个很固定的流水模式，完善的工作流程也使得我们在工作中能应对自如。一些赈灾的小型拍卖会，那时就是一个募捐箱，大家往箱里捐钱，这样我们就要过数，先是手工点钞，然后过点钞机，最后由当场的组织者派人送到银行，把钱存到专用的基本账户里，再把这个数额反馈到活动单位，并按捐赠情况开具捐赠票据，这才完成接受捐赠的全过程。

那几个月下来，我们每个人都瘦了很多，差不多每天工作时间都超过12小时，没有休息过周末，说披星戴月一点都不过分。

⊙捐款工作现场

　　在基金会工作很锻炼人，尤其是经历了这次启动了一级响应的救援后，每个人都在自己的岗位上得到了锻炼成长，后来玉树地震和西南旱灾、舟曲泥石流救援对我们来说就容易多了。现在我们一旦遇到灾难就不会像5·12地震刚发生时那么紧张了，从善款的接收到最后的善款支出，每个环节我们都已经驾轻就熟了。

第三部分

大爱呵护 重建家园

众人的力量 —中国扶贫基金会汶川地震救灾纪实

为了解灾区灾后重建的实际情况，中国扶贫基金会派出了以刘冬文副秘书长带队的调研组，自6月10日开始，先后前往川陕甘三省9市县，进行了为期20天的灾后重建需求调查。7月底，完成了《中国扶贫基金会汶川灾后重建调研报告》，内容涵盖灾情评估、需求分析、困难和问题、国际国内主要经验、国内政策与实践、NGO参与的策略和途径、基金会参与灾后重建的方向，为我会科学、合理规划重建方向提供一手依据。同时，我会将该调研报告向社会公布。据了解，这是国内NGO系统首次从事的灾情调研评估。

◎ 过渡安置与灾后重建（秘书长 王行最）

紧急救援之后的过渡安置与灾后重建是一个漫长的过程。我们认识到了这个问题，就召集会议专门研究过渡安置阶段和灾后重建阶段工作怎么做。首先从机构设置上，专门成立了灾后重建办公室，地点设在德阳。第二，从各部门抽调了人员到重建办工作，任命了负责人，确定了分管的秘书处领导。重建办最多时人员达到13人。第三，专门确定了议事和工作规程。

国际救援经验表明，人住在帐篷里面的时间最多不能超过一个月，因为帐篷里生活条件极其简陋，比如说没有餐饮设备，没有卫生间，加上越来越炎热的天气，没有空调排风设备，帐篷里面非常闷热，所有这些都会对人员的生理和心理造成很大的影响。在过渡安置阶段，我们先是考虑活动板房建设。在这期间，我们建设了27所板房学校，三个板房社区。

灾后重建阶段，我们完成了以下工作：

（1）永久性建筑工程。永久建筑是灾区人民最长远的安居工程，我们建设完成11所学校，111个卫生站，1个卫生院，1个儿童福利院，1座便民桥和1个村民活动中心。

（2）绵竹市土门镇民乐村社区发展。我们还做了一个新农村模式的推广，在绵竹市民乐村。我们给住房补贴，把房子盖起来，政府出一点钱，我们出一点钱，帮助灾民把房子都盖好，政府也重新修整了道路。除了

⊙王行最秘书长（前排右一）视察龙居小学建设

⊙刘文奎常务副秘书长（左三）与合作社村干部商讨产业项目转型工作

灾后的房屋重建，我们还把灾民重建产业的恢复作为今后的重点扶持项目。通过产业的恢复，把新的模式，可持续的模式带进去。而不单纯是把房子盖了就万事大吉。于是我们采用了农村合作社的方式，为他们建立了理事会，把我们投在民乐村的钱，住房建设之后剩下的钱用于产业恢复。采取股份的形式，用占股的方式参加合作社。经过长时间的调查，最后确定了两个项目：一个是食用菌培植，另一个是獭兔养殖项目，以后会由农民变成产业工人；这样投入的资金就可以持续滚动地用起来。探索新农村建设的模式，我们前几年喊得比较响亮，这几年不怎么喊了，社会主义新农村建设，不是把路修好，墙刷白了就是新农村。提高农民自身的素质、

培养农民经营能力和民主意识，这才能解决根本的问题。

（3）小额信贷项目。小额信贷方面，我们把贷款分成两类：一类叫安居贷款，就是给农民提供单笔贷款上限不超过3万块钱，用于建房子的贷款；另一个是创业贷款，也就是生意贷款，用于发展产业的。为长期发展和扶持这个项目，我们分别在四川的什邡、绵竹和德阳设立了信贷机构。这个机构的产生源于我们在灾区工作和深入调查中所产生的创意。

⊙刘冬文副秘书长在四川绵竹考察农户安居贷款情况

我们也是第一家用小额信贷的方式帮助灾民的公益机构，这样的机构目前在国内是独一无二的。设立了这样的机构后，为灾区的灾民提供了一个很好的再创业机会，去年我们在全国发放的信贷额就有5亿多元人民币。截止2010年12月底，在什邡、绵竹、德阳累计发放了将近6300万元。

（4）青少年心理重建项目。我们还做了一个心理重建项目。在灾区我们采用了一些新的方式，跟国际组织合作，由耐克公司支持，利用美慈组织的专业技能，对灾区孩子们震后的心理建设做心理恢复。我们不是一对一的个案的咨询和治疗，主要是通过运动和游戏，从心理健康和心理素质方面提升，而运动又是孩子们比较容易接受的方式。这样的灾难对孩子的影响是非常大的。我们以学校为基本单位，开展这个项目，让孩子们从地震的恐惧中，从失去亲人的痛苦中，从遭受磨难的阴影里面走出来。这是一个不仅在灾区适用而且对所有孩子心理素质培养都很有用的项目。我去汉旺中学的时候，有一帮江苏的志愿者在那里，他们说要把这套课程，学生心理辅导的方式带回到江苏省去。现在他们真的在学校常规的课程中加入了这个项目。在这个项目的执行上，我们也有创新的方式。我们不仅是依靠我们的力量，还招标了五家草根的NGO，让他们来执行。这五家机构也是各具特色，不同的性质，分布在不同的区域。一个是西南科技大学，主要负责绵阳地区，他们有很成熟的专家队伍；一家政府机构是北川的心理卫生服务中心，这个机构是专门负责北川所有的医院、学校以及干部的心理健康；一家工商注册的都江堰的妈妈之家；还有一家德阳市心理咨询中心，专门做心理辅导的。还有一家在甘肃省文县，文县灾后重建与扶贫开发促进会。

⊙心理项目小额基金发布仪式现场

⊙国务院扶贫办王国良副主任（右四）率中央部门督查组赴四川开展灾后重建督察工作并向当地的困难群众发放基金会爱心包裹

　　除上述项目以外，我们还开展其他的扶贫救灾项目。为帮助灾区品学兼优的学生完成学业，我们通过"新长城"项目支持灾区的贫困学生；开展"圆梦操场"项目，为灾区的小学校援建水泥硬化的小操场，使学生们从此告别土泥巴和尘土飞扬的课间生活；同时还有关爱灾区孤儿的"孤儿救助"项目；我们还开展了"捐一元、献爱心、送营养"活动，为灾区小学生提供为期一年的营养加餐。地震一年后，我们跟中国邮政总局联合启动了"爱心包裹""5·12"灾区学生关爱行动，川甘陕西3省51个受灾县市区的1700多所学校，110万余名受灾小学生收到了爱心包裹。类似这样的活动我们也会在未来的工作中不断发掘和创新，可持续地发展。

◎ 牵 挂——中国扶贫基金会会长、副会长灾区工作侧记

（桓靖　伍鹏　唐薇　傅磊）

他们曾经或者仍在他们各自的领域发挥着相当的作用，他们都怀着对祖国和人民的大爱，怀着对弱势群体的悲悯情怀，他们在中国扶贫基金会分文不取，是地地道道的志愿者身份，却发挥着不同凡响的作用，他们是我们的现任会长段应碧、执行副会长何道峰、副会长陈开枝、副会长江绍高。在中国扶贫基金会开展的5·12汶川特大地震紧急救援、过渡安置和恢复重建的各项工作中，我们的各位会长始终和我们在一起，让我们的方向更明确，让我们的内心更坚强，让我们的行动更有力。

段应碧会长：抱病赴川显大爱

尽管脊柱做了一次大手术，身体状况欠佳，但段应碧会长还是一直把5·12汶川特大地震灾区同胞的救援、安置工作放在心上，对我们中国扶贫基金会的抗震救灾工作极度关切，多次想要前往灾区慰问灾民、指导工作，却因主治医生坚决反对而未能成行。

2008年12月17日，段会长终于得到医生批准，如愿来到灾区。当晚，段会长不顾旅途劳顿，和我们常驻四川德阳的灾后重建办公室工作人员进行了深入交流，无论是要求对各项工作深入细致的了解，还是对我们长期驻外的生活问题嘘寒问暖，都给了我们莫大的鼓舞和动力。

⊙段应碧会长前往中江县探望受资助的孤儿刘武

段会长心里最牵挂的是地震灾区孤儿的生活情况，12月18日一早，我们陪同段会长前往中江县探望项目资助的孤儿，同时检查项目实施情况。在中江县民政局座谈时，段会长听取县民政局关于孤儿项目的实施报告后，围

⊙段应碧会长向航天英雄和英雄航天员颁发荣誉证书

绕中国扶贫基金会的理念、孤儿助养项目的特点和风险点、如何实施好孤儿助养项目等问题提出了指导性的意见，对项目流程优化和进一步精细管理起到了重要作用。前往探望孤儿时，因山路崎岖陡峭，车辆无法前往，段会长不顾腰间疼痛和众人劝阻，毅然和我们一同步行前往孤儿家中。和受助孤儿及其监护人亲切地拉家常，段会长和蔼的神情、慈祥的目光，不仅带给受助对象温暖和感动，也深深地感染了我们所有的随行人员，彼时情景，至今历历在目。

12月18日下午，航天英雄翟志刚，英雄航天员刘伯明、景海鹏抵达四川，参加中国扶贫基金会主办的"为了孩子的梦想——航天英雄冬日暖阳灾区行"大型慈善公益活动，四川省省委书记、省人大常委会主任刘奇葆，省委副书记、省长蒋巨峰当晚在成都会见并宴请航天员一行。段会长不辞辛劳，于18日傍晚从中江县孤儿家中直接前往成都参加会见及宴请。

12月19日，"为了孩子的梦想——航天英雄冬日暖阳灾区行"大型慈善公益活动在中国扶贫基金会援建的绵竹市齐福中学举行。段会长陪同航天英雄翟志刚，英雄航天员刘伯明、景海鹏参加活动。在活动仪式上，段会长授予三位航天员荣誉证书，并与航天英雄翟志刚一起向学生代表发放过冬棉衣。

短短3天的近距离接触，段会长给我留下了深刻的印象。每次看着满

头银发的段会长，我总忍不住想：是什么力量支撑着这位操着一腔由麻辣高亢转为温和深沉的四川话的古稀老人，挺着伤病的脊梁，为了贫困地区苦难同胞们的福祉，从容、执著、坚韧地贡献着自己的力量？

何道峰执行副会长：临危指挥犹高效

5月20日，中国扶贫基金会募集的资金物资已经破记录地超过2亿元。为了确定募集资金的使用方向，指导救灾一线工作，何道峰执行副会长于5月20日奔赴四川德阳。

何副会长抵达德阳的时候，灾区余震不断，政府规定所有的宾馆都不许营业。何副会长当晚在德阳一个部队单位的地下车库过夜。第二天一早，何副会长就奔赴绵竹对灾区需求进行实地评估。何副会长一行首先到绵竹市，先后考察了汉旺镇中心小学和幼儿园、土门镇清泉村、九龙镇双石小学。看见学校、幼儿园和农房都变成了一片废墟，何副会长心情十分沉重，当即决定捐赠1000万元，用于绵竹市校舍和临时安居房修建。

5月21日下午，何副会长检查中国扶贫基金会赈灾物资德阳储存库，在对赈灾物资的出入库管理、志愿者搬运队伍，仓库运行流程进行详细了解后，他要求仓库管理人员要认真仔细地对待每一批捐赠物资，保证把社会的爱心传递给灾区群众。

5月21日23点，万科集团董事长王石一行4人，访问中国扶贫基金会设在德阳的"5·12抗震救灾办公室"。王石董事长一行与何道峰执行副会长等就双方进行

⊙何道峰执行副会长（右二）和刘文奎常务副秘书长（右一）在汉旺视察灾情

⊙5月22日何道峰执行副会长在灾区考察灾情

灾区重建的合作事宜，展开了认真的讨论。

5月22日，何副会长与中国扶贫基金会常务副秘书长刘文奎，副秘书长李利考察、评估了北川县地震灾情。由于进入北川县城的道路封锁，何副会长一行只能徒步进入北川县考察。通过各方评估，中国扶贫基金会决定，在计划向北川县捐赠1000万元的基础上，再追加捐赠1000万元，共2000万元用于灾民临时安居房建设。

何副会长和我们一起工作的这3天，正是我们的工作千头万绪、纷扰繁杂的时候。余震不断、工作危险、生活艰苦，就是在这样的条件下，何副会长带领我们极其高效地厘清并解决了很多问题，不仅推动我们的灾后紧急救援工作顺利进行，还对中国扶贫基金会思考和准备如何参与过渡安置、灾后恢复重建起到了极大的指导和促进作用。

陈开枝副会长：千里跋涉难洗澡

2008年10月18日至21日，陈开枝副会长前往汶川、平武、青川、北川等极重灾区县考察灾情，检查中国扶贫基金会灾后重建工作进展情况。4天时间里，陈副会长一行先后到达映秀镇、映秀小学板房区、汶川县萝卜寨和秉里村、平武县南坝镇南坝小学、青川县关

⊙陈开枝副会长步伐稳健地走在前面

⊙陈开枝副会长了解重建规划

庄镇东河口村、北川老县城等受灾极度严重的地区，行程1000余公里。

此行日程紧张，异常艰险，非亲历不能体会。中国扶贫基金会灾后重建办公室副主任唐薇全程陪同陈开枝副会长考察，摘录唐薇主任此次考察片段日记，以图再现一些场景：

萝卜寨和秉里村都属高山上的村寨，海拔高，地势陡，但年近70的陈副会长在山坡上依然健步前行，我紧赶慢追气喘吁吁才能跟上他的步伐，大家感叹陈副会长步态如年轻人一般矫健时，陈副会长风趣地说自己仅34.5"公岁"。

……

由于白天考察行程比原计划多了一项内容，天黑前可能无法赶到平武县城。考虑到陈副会长的安全，我们建议到达川主寺就住下。但陈副会长要求，一定不能影响第二天的考察行程，于是我们决定连夜过松潘。走近雪山梁子山脚时，天色已晚，当车子缓缓爬至海拔2000多米时，天已完全黑下来，司机说以前这个时间还有车在山路上行驶，地震之后就很少了，结果我们始终都没有见到一辆车。已无法看清山路两侧的景物，只知道一边是山一边是崖，前面浮动的云雾缩短了车灯的射程，司机和坐在前排的李勇处长伸长脖子努力地辨认着路中间的那条标识线，好在司机车技精湛，路况熟悉，似乎每一道弯路都熟稔于心，于是我们也就一路安然。爬到海拔4200米，车外温度已降至零下1℃，这时透过车灯看到更浓的雾气，一团团一簇簇地迎面向车身扑拥过来。耳鼓膜轻微的起伏不断地提示着海拔的变化。下到山脚时，车外的气温已升至11℃。

夜里11点，我们一行总算赶到平武县城，费了些周折才找到一家还没关门的烧烤店，每人面前摆上一碗热乎乎的清汤煎蛋面时，才想起我们离12:00的午饭已经十多个小时了。

凌晨，拖着疲惫的身躯回到条件简陋的宾馆，和汶川一样，依然是冰凉的水，还是没法洗澡。陈副会长担心我们的房间没有热水壶，竟然烧了开水来敲我们的门送热水，让大家洗把热水脸再睡觉，他还调侃说："你们安排的这个路线真够绝，让我这个老头子连澡都没得洗。"

江绍高副会长：夜宿板房心平常

阿坝州理县境内山峦起伏，平均海拔2700米，是中国扶贫基金会援建活动板房学校施工条件最为恶劣的区域。

2008年7月30日，江绍高副会长计划前往理县检查我会援建10所板房学校的使用情况，由于成都通往理县的都汶高速全线受阻，唯一的交通方案是选择路况非常恶劣的国道、县道绕行前往，路程由原来

◎江绍高副会长（二排右四）在理县通化板房小学的竣工仪式上

⊙中国扶贫基金会捐赠的电视机送到了理县板房小学

全程200公里增加到600公里，途中还需要翻越两座海拔4000多米的高山。江副会长得知这些消息后说："我们干的是救灾、扶贫工作，像这样条件恶劣的地方正是需要我们干工作的地方。"

8月1日上午10点，经过长达9小时的颠簸，我们终于抵达理县县城。顾不上休息，江副会长就投入了工作，开始对我会援建的活动板房学校进行检查，对不足之处还提出一些整改要求。工作检查时正逢理县通化小学正式复课，江副会长还前往通化小学向师生表示祝贺，勉励学校师生。

夜幕降临，忙碌一整天后，我们回到地方政府安排的住处，发现安排给江副会长夜宿的地方是一个学校的板房宿舍，宿舍内只有一张床和两张沙发，正当我们为江副会长劳顿一天还要住在这样简陋的地方而忐忑不安时，江副会长按了一下电灯开关，笑着说："这里还能有电，已经很好啦，这样晚上我还可以工作。"

22:00，江副会长来到工作人员宿舍看望我们，问大家都在聊什么，我们说聊2008北京奥运会开幕式的事情，江副会长很快加入我们，最后江副会长提议："我想现在灾区的孩子们也在聊这个话题，应该给咱们援建的板房学校配上一台电视，这样孩子们就能看奥运会了。"听到这里，我心头一热，以前从未想到，江副会长身为副部级干部，住在条件如此简陋的地方时竟然没有丝毫不悦，更想不到的是，此时此刻，他心里牵挂着的都是灾区孩子的幸福。

在江副会长此次检查后的第五天（8月6日），我们援建的27所板房学校都收到了中国扶贫基金会捐赠的电视机，2万多名灾区孩子通过电视机圆了奥运梦想。

后记：这些宝贵的片段和经历，让我对我们的会长们有了深刻的了解：他们的睿智和经验帮助我们的组织不断取得更好的成绩，他们的达观和从容帮助我们组织不断提升自身的修为，他们的优秀品质和坚定信念，是我们组织最宝贵的精神财富。当然，他们也有普通人的一面，他们亲和，他们慈祥，他们像父亲，他们像爷爷。

◎ 卧龙随笔（资讯监测研究部成员　常乐）

去过理县，去过汶川，但心里最想去的，还是卧龙。不知是因为那里的熊猫，还是因为那里的竹子。也许还是因为上次同事去考察，带回来的照片才让我对那里魂牵梦萦。

终于成行，9月26日，小雨，一路北上。

地震前，从成都经映秀去卧龙只是100多公里的车程，但是因为地震，交通中断，我们必须绕道雅安、宝兴、小金、马尔康，并且翻越两座海拔4000米以上的大山，才能到达卧龙。

车子上了高速，就期待着能快点到卧龙，但司机发现仪表盘上的发动机警报灯老是亮着，开始以为是发动机出问题了。要知道去卧龙的路多是盘山，不能让车子出一点毛病。所以一度我们曾想在路边寻觅个维修部检查或者打道回府，不过后来问题都解决了。原来是因为柴油纯度不高，导

⊙遇到被滚石砸坏的车

致过滤嘴有点堵塞。很感谢加油站的人，幸亏只是油的问题，如果真的是发动机出现故障，那这次去卧龙的行程就泡汤了。

等到所有问题都解决，车况也调整到最佳状态，我们便开始进入盘山公路，为翻越夹金山做铺垫了。

夹金山，海拔4114米，是红军长征翻越的第一座大雪山。

由于上次去理县经过了这里，所以对翻越这座山没有多大的压力。不过山下苍翠的针叶林，山顶如毡的草甸，悠闲漫步的牦牛，来回盘旋的老鹰依然吸引着我。生命在这里，都是平等的，你甚至可以平视那自由翱翔的老鹰。连空气都是那样的纯净甘甜，不偏不倚，让每个身处此地的生灵都能感受到大自然的恩赐。

巴郎山，海拔4532米，是沿途路况最危险的一座山。

车行至山下，一开始周围还有树木、溪流的影子，远处山峰的积雪也依稀可见。越往山上走，就只剩下光秃秃的石头和能见度很低的雾。因为没什么可看的景色了，我居然在最危险的一段山路上安稳地睡着了。

经过7个多小时的盘山公路，两座大山被我们远远地抛在了车后，原以为这样就可以稳稳当当地到达卧龙了，但路上还是遇到了危险。由于地震刚过，加上下雨，道路旁边的山石都很松动，沿途也有很多山体滑坡的地方，我们都很小心的经过了。眼看就要到卧龙了，在一处山体滑坡的地方，我们还是难逃厄运——在我们加大油门准备快速通过这片危险路段的时候，只听到一声巨响，车子剧烈地晃动了几下，随后又颠簸地驶离了那段路，司机才停下车子。我们赶忙下车查看，原来一块山石从车前右侧撞上，导致右前胎瞬间爆胎，幸好司机稳住方向，否则后果不堪设想。那块石头足有两个篮球那么大，如果真的从副驾驶位置砸进车内的话，可能这趟卧龙之行就成了悲伤之行了。

天渐渐转暗，不敢多想，迅速换好轮胎继续前行，终于在天黑之前赶到了卧龙，并于第二天展开工作，实地验收卧龙灾民活动板房社区的建设情况。

从卧龙返回的一路相对平安，很感谢司机师傅还有同行的同事，虽然路上出现了很多状况，但我们都应付了过来；也感谢部门的同事，从出发到返回，他们都一直挂记着我们，与我们保持着联系，并且在意外发生后，第一时间打电话给我们。

原本阴雨的天气，从我们返回的时候就开始转好，太阳也慢慢露出了热烈的一面。我相信灾区人民的生活就像这天气，在社会各界的帮助下，一定会慢慢转好的。

◎ 把公益当事业（灾后重建办公室成员　米志敬）

2009.5.17

看到江苏支教队姚队长的第100篇日志才知道，昨天是他们到绵竹支教的第100天，自离开家来到绵竹市的南轩中学，他就开始每天写日志，没有间断。于是我说："看到你从来不间断地记日记，自己很是惭愧。"他却说："你做了那么多，我在你面前都惭愧，为什么不好好把握这样的机会呢？写吧。"

其实也不是没有下过这样的决心，在4月21日，自己进入基金会一周年的时候，2009年5月12日，汶川大地震一周年的时候，都想从那个"特殊的日子"开始，不间断地记录自己的生活。可是，还是一拖再拖了下来。

日子，并不是没有值得记录的事情，而是需要记录的太多吧，自己反而没有了思绪，有些事情，自己都想不清楚，于是不知道该怎么付诸文字，于是渐渐生疏。

5月1日，在依山傍水、烟雨濛濛的兰草镇，做了一天的山村女教师。

⊙去北川老县城的路上

那份和孩子们亲密无间的快乐和对他们未来生活的担忧，那秀丽旖旎的风光和简陋破旧的教室，不知道哪个在我心里留下了更深的烙印。

5月12日，步行5小时，20余公里，走进了北川老县城，经历了一场大山里的朝圣。我们怀着虔诚的心灵去祭奠那些逝去的生命。不知道大家是否理解，不仅仅北川人需要这样一个仪式去告别过去，而我们这些在这片土地上工作近一年的人，也需要这样的一个仪式，去告慰自己的心灵。也不知道北川人是否会埋怨，我们这些"毫不相干"的人使他们的祭奠都变成一次艰难的行程。于是，模糊了，什么才是真正的善良，什么才是真正的关怀？也怀疑，自己这样做是否正确？

当初接触到公益慈善，处于一种最原始最简单的情感——慈悲。虽然那些都是遥远而素不相识的人，可他们的困境却触动了内心，于是想做些什么。到后来希望投身公益领域，想把自己的个人价值与社会价值建立更直接的统一。希望可以清晰地看到，有些人，因为自己的工作可以感受到些许幸福，哪怕只是一点点。这会让我心安。到现在，进入公益领域一年多的时间，发现自己过去的感受真的是太单一。在这里，困境苦难和相扶互助让悲情和温暖同在，极高的工作强度和严格的项目管理让压力和责任同在。但所幸，我没有后退。我希望自己可以把公益当成一种事业，感性地付出，理性地管理；不仅是要做好事，还要把好事做好。

照片

网上看到好友的照片。

纤纤柔柔的柳枝，波光粼粼的湖水，水灵温润的草地，衬着你精致的妆容和入时的打扮。我留言，春光潋滟。

而我，脂粉未施的脸庞，宽宽大大的工作衫，后面是大片整齐的板房教室和孩子欢呼跳跃的身影。你说，真实厚重。

看着你的照片，有那么一刻，我有些羡慕，因为，每一个女孩子，都是爱美的。记起去年回家逛商场，一向被朋友认为"淑女"的我却开始对

⊙板房校园里的快乐

着一套又一套的淑女装茫然。

"都记不起自己穿这种衣服的样子了……"

只是，当我走访学校，看到那么多孩子纯真的笑脸，当我到了乡村，听着村民代表大会上热烈的讨论，我依旧热情洋溢，兴致勃勃。

毕业，工作。

你坐在办公室喝喝咖啡、动动手指，准时上班、下班。

而我，奔波在各个学校、乡村，晚上回到办公室加班写报告、总结。

我们，选择了不同的路，但一样的是，青春，无悔。

【学校与医院的重建】

中国扶贫基金会将"切实需要"作为选择援建对象的重要原则。在具体选择援建地区及对象时，尽可能避开媒体曝光率高、社会关注力大、捐赠资源充裕的极重灾县，选择在受灾严重、路途偏远、资源稀缺的重灾区实施项目。在2年多的援建过程中，中国扶贫基金会项目管理人员奔走各地办理项目审批、立项、设计、招标手续，往返各个工地检查质量进度，行程超过18万公里，圆满完成了11所学校，111所村级卫生站、1所乡镇卫生院、1个孤儿院、1座便民桥、1个村民活动中心等基础建设任务。

◎ 灾区的情况瞬息万变（秘书长 王行最）

在最初的紧急救援阶段，我留在北京，一是要统一部署人力安排；二是要统筹协调，筹措资金，运输物资。其中物资的运送是很大一块，物资来源广泛，要协调调运。另外，就是要参加各种捐赠活动，接受捐赠并解答公众和捐赠人提出的一些问题。

5月下旬我去了灾区，除继续指挥救灾物资的发放工作外，主要是在调研的基础上制定过渡安置阶段和灾后重建阶段的工作方案。

为了让灾民尽早住上条件好些的活动板房，我们投入了很大的

◎东汽小学

◎东汽小学板房教室里的课堂上

精力。最后根据何道峰执行副会长亲临一线调研后的提议，确定用于修建活动板房的费用为7000万元。按照受灾的严重程度，做了统筹安排：北川2000万元、青川1000万元、什邡1000万元、绵竹1000万元、卧龙1000万元、汶川1000万元，总共是7000万元，分为六大区域。

在整个的救援过程中，德阳市政府给予了我们很大的支持，解决我们的办公场地，后来是因为余震多，为了安全起见，大家都搬出了办公楼，市政府就把自行车棚给我们做办公室。晚上我们就在停车场上搭建的帐篷里睡觉。

在过渡安置阶段，我们把工作重点放在板房建设上。我们协调落实建设用地，万科为我们免费设计，初步方案落实后我们进行采购招标。为此我们请了毕马威和德勤的志愿者加入我们的整个审核评标过程，以保证价格合理，整个过程公正透明。

但是，灾区的情况在不断变化，政策也在不断变化。就在我们一切准备就绪的时候，我们得到了一个消息：政府决定板房只许建在城镇地区，农村地区不能建。

因为我们是扶贫基金会，我们把重建工作重点放在农村地区，特别是比较偏远的贫困受灾地区，主要是帮助这些地区的受灾人口，所以我们选择用于建设板房的地块基本集中在这样的地方。四川省对板房建设的要求打乱了我们原来的板房建设计划。在这段时间里，我们白天出去调研情况，晚上回来讨论，辛辛苦苦很多天，几乎每天挑灯夜战到两三点钟，经过论证后确定了板房建设方案。然后进行设计，跟供货商洽谈，跟政府协商。结果是一个通知下来，我们所有辛苦都付诸东流了。

记得，我们是最早进入北川擂鼓镇附近的一个村子，在县政府和扶贫办的支持下，我们确定在该村建设板房，设计也完成了，生产活动板房的厂家也将部分板房建材运到了现场。但后来确定山东省济南市帮扶擂鼓镇，市领导坐阵现场指挥，说这片地必须归他们来承建，而且必须在规定的时间内完成，要不然就要受处罚。我们跟他们反复协商，但山东方面非常坚持。后来我们再三思量，都是为了灾民，既然他们有政府管了，我们是公益机构，我们筹集的资金和物资毕竟有限，既然有人愿意做这件事，我们何必再做。我们还可以把有限的资源用到最需要的地方。就这样，我们带着些许遗憾离开了擂鼓镇。

最后我们确定了三个地方建设板房，分别在绵竹、卧龙和江油。当时，在大家之间流传着一句歇后语叫：灾区的情况——瞬息万变。

重建学校确定一波三折

平武县隶属绵阳地区，在地震中受灾比较

⊙美国教授专程来到南坝板房小学

⊙美国教授向教师们讲述设计方案

严重。但因为媒体报道少，所以关注的人就少，起初没有太多的政府和社会援助。

　　经过实地考察后，我们决定援建该县在地震中彻底倒塌，师生伤亡严重的南坝小学。南坝小学位于的平武县南坝镇，在地震中受灾非常严重，大半房屋倒塌，数百人遇难。为了敲定援建该校，我们正式与平武县人民政府签订了援建协议。

　　经过我们一个志愿服务团队"震后造家"志愿者们宣传，美国一个著名的建筑设计学院的教授和我们主动联系，他和他的工作团队愿意帮助南坝小学免费设计。据说这个教授的团队曾经参与过北京奥运会部分场馆的设计，非常著名，有实力。当这个教授从美国来到平武实地考察，完成初步设计，并与南坝小学方经过几次沟通、修改后，设计方案即将进入施工图绘制阶段，我们被平武县政府突然告知，河北省要对口帮扶他们县，而且人家帮扶的不仅是一个学校，而是整个南坝镇都包了，这样的话就不需要你们了。并给我们正式行文，表示要由河北省来援建，美国教授完成的设计也不能用。

我们很无奈，费了很大劲给美国教授解释发生了什么，但美国教授似乎一直不能明白出资方的改变，且他们免费提供的设计图为什么也不能用。这件事也使帮助我们的"震后造家"的专家们很不解，他们甚至希望以公开的方式跟平武县沟通此事，但我们想援建不要添乱，或许平武县也有他们的难处。就这样，我们半年多的工作白做了，最后再赶紧寻找其他合适的学校，考察，确定，整个工作进度就被耽误了半年多宝贵的时间。

这次经历使我们倍受挫折，但同时也给我们在灾区开展工作提供了宝贵经验。

◎ 最便宜的板房（灾后重建办公室主任 王军）

我们设在德阳的抗震救灾办公室下设物资组、基建组和办公室三个工作小组。我负责基建组，主要任务是采购板房。

因为时间紧，灾民露宿街头，必须在短时间内把板房搭建好，让灾民有个临时安居之处。当时如果通过公开招标的方式采购，时间太长，不

◎清平小学板房建设现场

大现实。如何保证采购的公开、公正、透明、快速、高质量，这是对我巨大的考验。领导的信任，灾民的期待，都让我感觉到肩上的责任和担当。经过商量，我们决定成立一个联合采购小组，分工协作。采购小组的成立极大地方便了我们的工作，小组的成员来自各地，有当地的志愿者、有律师、有国外慈善机构、还有一个是专业搞建筑的志愿者，六七个人的小组，各显神通。询价、谈判、设计、检验，各负其责。大家都知道建筑行业里有很多潜规则，为了能有效地规避这些风险，拿着无数人捐赠的钱做好板房建设，我们采购的时候都要求透明，谈判的时候都在桌面上进行。力求最低的价格，建最好的板房。

最终，我们做到了！在同等质量甚至配置更高的情况下，我们的建筑成本大约是536元/平方米，比那些动辄一千多元甚至还有两千多元的板房，我们实现了一个让众多建筑商瞠目的奇迹。在整个的板房建筑中，我们做到了建筑质量优质，建筑用料价廉，建筑设计人性。

在短短2个月时间里，我们援建了27所板房学校，分布在德阳、阿坝、绵阳；援建了3个板房社区，分布在德阳、卧龙、绵阳。

◎ 从德阳到理县（原灾后重建办公室官员 傅磊）

⊙在测绘验收的现场

坐下来写日志，不经意发现，来到德阳重建办已经20天了。

天光已落下，德阳这座城市燃起了点点灯光，没有大都会的喧闹和繁华，人们在这里过着一种安逸与平和的生活。每天傍晚，在这个城市中心文庙广场的百人集体舞，是我在德阳见到聚集人数最多的地方。这里人们的灾后生活方式依然带着坚强和乐观。对面大楼上的赈灾标语在这个城市的人民面前，显得有些空洞了。

⊙理县朴头小学施工现场

傍晚7点，带着会里的几个大学生志愿者从江油赶回德阳。这一天，验收了两所小学的板房，检验了五处工程。看到"小朋友们"一路上从好奇到疲惫，自己也有些倦意。在这里，我的职责是工程质量监督，每天只要工作需要，不管烈日、风雨都会外出监察、验收工程。如此大量地和图纸、建筑商、板房、新工地打交道，说不辛苦的确是假话。但是，每次出来，总是想跑更多的工地，让一个个工程早日投入使用，让灾区的孩子们尽早复课，让受灾的人们尽快恢复正常生活。看到一处处在建的工程时，心里会有无数感慨：会因参与这项工作而激动；会因给灾区出力而自豪；会因我们的努力换来了孩子们的开心而骄傲……地震如此无情，还好，有千万中国人民的团结和爱心。

几天前，去理县做考察。德阳到理县原可经成都——都江堰——汶川到达理县，全程400余公里，是一天就可以往返的路程。但由于地震，大量泥石流、塌方的出现，道路受损受阻，不得不绕道从成都经过雅安、泸定、康定、小金、丹巴到阿坝州府所在地马尔康，然后才能到理县，全程800多公里，还须翻越三座海拔4000米以上的雪山，路况非常艰险。总共用了三天半的时间，两天半是在车上度过的。一路上目睹了塌方、泥石流，遇到了下雪，经过了无数正值夏季开满野花的草地，看见了许多在山坡上悠闲吃草的牛羊……大自然的残酷与美艳交替出现。实在是人生中一次难得的经历，权当探险旅游了。

从理县返回之前，看到了已规划的10所小学、两处社区的工地已经推平、放线，想到我们又将在那偏远的山沟里建起一片新的房子，又有很多灾区的孩子将很快复课，心里觉得挺值的。看看表，已是22：00，抬头看到还在灯下辛勤工作的同事们，心中一片温暖。伴随着键盘的敲打声和轻微翻看图纸声，我们渡过了无数个如此宁静的夜晚。

◎ 灾区救援日记（原灾后重建办公室主管 桓靖）

2008年5月23日 星期五 晴

今天早上9点的飞机赴四川，5点多就得起床，所以也没睡好觉。起来打开手机，看到好朋友YF昨晚发来的信息："明天你就要去四川了，我老家是四川的，这次真想去那里帮忙，又怕添乱。你能去是一件辛苦又幸运的事吧，多保重！为你祝福！帮助别人前先照顾好自己，希望我能为认识你而自豪！保持联系，等你平安回来时再为你接风。"——读完短信，心里暖暖的，洗漱完毕后踏上了沉甸甸的征途，之所以沉甸甸，一是行李沉重，二是心情沉重。

在飞机上邻座的恰好是中央电视台的记者，去前线采访，顺便聊了一些救灾和公益的话题，发现他们还很不了解我们，他们还对我们充满了疑问和好奇，或许这给我们一个启示就是我们的宣传工作还要继续努力做得更好。下飞机时，他们说："你们的工作很有意义，多多保重。"接下来的摆渡车上又碰巧遇到了新长城长期捐赠单位ABB的领导，闲聊两句，又得了同样的肯定和祝福，心里暗想：这个职业你没有理由不把它当事业做。

在机场前往市区宾馆的大巴上，接到北京同事的电话："成都整体氛围怎么样？"答曰："目力所及范围内和北京一样。"

匆匆吃了午饭，与中央电视台《共同关注》栏目的记者一同前往重灾区什邡市，在通往德阳的高速公路上，道路两旁也没有很明显的受灾痕迹，看到有老百姓在收获油菜籽或者正弓着身子插秧，还是一派平静祥和的气氛。在德阳下了高速，与前来接应的什邡教育局同志会合后，直接驱

⊙陪同王行最秘书长检查房屋建设进度

车前往什邡的蓥华镇和红白镇。途经一段10多公里的"烂"路——灾前正在翻新、升级的一条公路，施工到一半，遇到地震，自然停工了，于是留下这段艰难的路程给所有灾民和救援队伍。

离第一站蓥华越来越近，开始进入山区了，先前旅途中看到的平静祥和已经没有了，映入眼帘的情景只能用狼藉混乱来形容。原来青翠的群山现在满目疮痍，道路两旁开始出现大量的帐篷、坍塌的房屋、身形疲惫的灾民、满面尘灰的人民子弟兵，到处是救援车辆、施工车辆、还有来自全国各地的救援物资。

下午5点多的时候，终于赶到了蓥华镇蓥华中学，这里坍塌了半栋教学楼还有其他校园建筑。了解了蓥华中学的受灾情况和灾后重建需求后，我们察看了当地政府规划出来用于建设临时过渡校舍的地址。接下来，我们又马不停蹄地赶往受灾更为严重的红白镇，了解了那里的受灾情况。

晚上7点多钟时，我们驱车返回成都，夜里10点多时回到宾馆，匆匆

117

吃完饭，大家开始各自忙活准备明天的工作了。

2008年5月24日 星期六 晴

今天开始了正式的工作，主要是负责在重灾区建设临时安置学校——"中国扶贫基金会新长城学校"——以轻质彩钢龙骨结构为基础的一种活动房。每个学校都设计包括了教室、宿舍、食堂、办公室、篮球架、乒乓球台、升旗台等基本设施，考虑到酷暑将至，每个教室还将配备2个吊扇。

我们初步计划建设100个这样的学校，每个学校基本都涵盖小学到初中9个年级，大致每个学校可以解决近1000名学生的复课问题。他们将在这样的学校里读书学习1~2年，直至灾后重建工作为他们建起新的永久性学校。

任务紧急，施工单位、课桌椅供应商、黑板供应商、办公桌椅供应商、吊扇供应商等商家都要一一确定，并签署采购协议。由于时间形势所迫，没有时间进行公开招标采购，但为了给捐赠人一个合理的"交代"，我们必须"货比三家"，挨家挨户去谈价钱、看货色，最后根据价格、质量、服务、效率综合确定供应商，这样才能给捐赠人一个说法——为什么选择这一家。为了降低和分散风险，有的协议还不能全部签给同一家供应商。

完成这些工作的同时，还要迅速与各个重灾区的县政府取得联系，签署协议，通过他们推荐最急需援建的学校，协调落实施工所需的必要条件，包括：确定符合政策要求的项目

⊙中江县辑庆小学板房教室，这样的板房学校建了27所

⊙陪同王行最秘书长（右三）和慈福行动总裁Bill Horan（右二）、救灾项目经理Kumar Periasamy（右一）考察东汽中学板房学校建设进程

建设地址，协调援建工程中所涉及有关部门的各种关系，按照项目报批程序，办理项目立项手续；按照项目建设需求，落实提供可供建设单位施工的必要条件（通电、通水、通路、平整场地等）。工程款我们直接交付施工单位，县政府部门只在过程中协助我们理顺各方关系，以使工程顺利开展。这样做是为了杜绝有关部门中间截留善款。

灾区各级政府领导最近一直连轴转，现在个个都忙得不可开交，自然也很难全力配合我们的工作，这就给我们抢建学校的计划带来一些困难。与此同时，所有相关供应商现在都有大量的订单，这也致使我们采购谈判的难度相应增大。

在这样一个艰难时刻，困难总是有的，而且有时候大得让你难以想象，但一想到昨天在鲞华镇问一个6年级小男孩想不想赶紧重返校园开始上课时，他清脆响亮的答案"想"；想到"任何困难都难不倒英雄的中国人民"就有了前行的动力。

2008年5月26日 星期一 多云转晴

太忙了，没顾得上更新博客，谢谢大家在昨天青川6.4级余震发生后对我的惦念。现在工作早已走上正轨，只是生活、睡觉脱离了正轨，呵呵。

工作强度越来越大了，超乎想象力：市教育局、受灾的高中、中央电视台、工程施工单位、文教用品供货商及中国扶贫基金会自身等各方面的诉求都要满足，要能够把这些东西整合在一起，这实在是庞大的工程。

用最低的价格建最好的学校，用最少的钱买最好的教具，建出学校师生、捐赠人满意的学校，做好能打动全国观众的电视节目（中央电视台记者之愿望），这是一个艰难的挑战，不只是对我的能力，还有心智，而挑战的结果有无数双眼睛在紧紧盯着。

简单说说工作的情况，其他有时间再说。

PS：基金会设在德阳市的办公室，所有人都睡帐篷，男女各一个大帐篷，里面是一溜儿的通铺，条件甚是艰苦，但大家工作的劲头还是十足

◎在村里工作，很大一部分内容是和村里的干部、能人交流，讨论村庄的发展方向、遇到问题的解决方案

的，这一点，足以让所有捐赠人欣慰。

2008年6月1日　星期日　晴热

好几天没有写了，经历了连续几天每天睡3~4个小时，从早上6点开始不停说话一直到凌晨2点，甚至凌晨4点就爬起来去建筑公司的生产车间所在地"暗访"，工作终于渐渐走上了正轨。领导也很好地理顺了我们和别组同事的工作关系，也有了明确的规划，把我从狼狈和尴尬的被动境地往回拉了一把，这一切，算是这几天的转机吧。况且工作的结果——崭新漂亮的临时校舍呈现在眼前的时候，心情是十分愉悦的。

在办公区的时候，工作很累，各方面的变动和随之而来的协调工作经常让自己很郁闷，心很累。但是一旦去了基层，去到我们建学校的地方，和那里的小孩子们一起玩的时候，再苦再累也仿佛心甘情愿了。这几天有这样几个感动瞬间：

感动一：绵竹市清平乡属重灾区，那里的乡亲们现在都安置在绵竹市外环路两边的帐篷里，我们要去他们安置点的旁边给乡里的孩子们建一所临时小学，让孩子们可以尽早复课。当笨重的篮球架运抵那里时，一声招呼，很多老乡纷纷前来协助卸货，接着便七手八脚地帮着安装篮球架。由于他们是集中供应晚饭，到了晚饭时间，他们不得不回去吃饭，回去前，他们说："吃完了就回来帮忙。"果然，没多久，他们就都回来了，安装好篮球架，正好运送桌椅的卡车也来了，他们就又自发协助卸下课桌椅。乡亲们这一举动虽然很小，带给我的却是很大的鼓舞和温暖。

感动二：天色渐晚了，一个10来岁的男孩子静静地帮安装桌椅的工人师傅把不同的组件摆到一起，没有顽皮和吵闹，只是默默地干活。

感动三：来到政府为清平老百姓临时搭建的帐篷里，正值他们吃晚饭的时候，随便聊聊天，了解一些他们的生活安置情况。他们热情地请我吃饭，还特意拿出了从清平出发来这里时背出来的自制腊肠请我品尝，我想这应该是他们平时不舍得吃的。

感动四：随行几位同事有事的先回去了，剩下我和安装体育器材的小兄弟，忙完后为了回德阳，只能站到马路边上搭顺风车，希望有好心

⊙在村里时，固定在"黄娘"家吃饭

的司机能载我们一程。信誓旦旦地对那个小兄弟说："最多拦10辆，一定能拦住一辆。"结果到第5辆的时候，发现形势不大妙。无奈之中环顾四周，"敏锐"地发现前面50多米处停着一辆车，打着双闪，估计是在等人。正在这时，过来另一辆车，停在前一辆后面，走上前去，还没说完用意，对方慷慨果断地说没问题。一路上聊着回来，才知道车主一家都是大好人：第二天就要"六一"了，所以特地前来给灾区的小孩子送一些节日礼物（PS：后来和车主一家成了好朋友，异乡的端午节也被邀请去他们家里一起度过）。

【民乐模式】

多年的扶贫经验告诉我们，贫困农村社区发展有三个瓶颈：贫困社区的生产发展无法规模化、产业化瓶颈；农民个人能力和组织能力欠缺的瓶颈和产业发展项目资金欠缺的瓶颈。

在5·12汶川地震灾区贫困村，中国扶贫基金会将灾后重建与扶贫发展相结合，创造性地开发了以破解三个瓶颈为主要特点的"扶贫资金折资入股、能人经营、全村受益"的产业发展模式。并将这种模式的首个试点村选在了极重灾区绵竹市民乐村，故此种模式称为"民乐模式"。

民乐村地处绵竹市土门镇，全村1422人，震前就是绵竹市经济比较贫困的村庄。5·12汶川特大地震中，民乐村93.2%的房屋倒塌，27人遇

⊙历史性的一天——民乐村经济合作总社（后改名为"民乐种养专业合作社"）第一次社员代表大会成功召开

难，9人受伤，经济状况更是雪上加霜。

在中国扶贫基金会的帮助下，民乐村成立了"民乐种养专业合作社"，以中国扶贫基金会捐赠的269万元作为合作社的初始基金，股权平均量化到民乐村每个户籍人口。合作社以公开招募的方式评选产业发展项目及项目经理，项目经理以不低于10%的现金入股，其余资金由合作社出资，成立股份制公司，合作社理事长出任公司法人，项目经理作为股东并出任公司总经理管理公司，以公司化的方式发展产业。

◎ 试点村（常务副秘书长 刘文奎）

说起试点村，我们做的是长远的打算，计划中的投入也比较大。我们希望这个项目不是暂时性的，我们走了项目就结束了，而是希望项目能在未来让灾民持续自主创收，以获得稳定的收入来源，保障自己的基本生活。出于这样的想法，我们和当地政府部门做了沟通，并在实地调研后确定在绵竹市土门镇民乐村作试点。因为民乐村符合我们的试点村选择条件：一是地震灾情比较严重；二是震前比较落后，相对贫穷；三是村庄规模在500户左右，确保每户能分摊到1万元的灾后重建资金（我们计划初期投入500万元左右做试点）。

当时大多数的灾民都希望能先安居，有自己的家，然后才是生计问题。我们针对村民的实际需求情况，做每户1万元的分配计划，其中3000元用于盖房子，5000元用于做生计发展，2000元用于技能培训。

对于灾民的生计发展方式，我们也做了有针对性的调研工作。专门聘请了四川大学的老师调研，聘请了农业大学的老师做设计。在调查中，我们了解到很多农民曾经养猪，但地震和瘟疫给他们带了很大的损失。一般农民不懂饲养技术，遇到问题很难应对。有个别农户虽然在饲养过程中没有遭受很大的损失，但也很难将自己的技能公示与人，分享收益。比如，在调查时我们就看到了一个农户的猪圈里有四五十头猪，就问他为什么别人养的猪都得了蓝耳病（猪瘟疫）死了，而他的猪怎么会活得这么好？这位农户说，一是自己管理精心；二是预防得当；三是即使得了蓝耳病，只

⊙入户听取村民对民乐产业发展的建议和意见

要方法对头，损失还是能避免的。听完他的话，我心里暗自想，看来如果不做规模，而靠每个素质能力参差不齐的农户单打独斗，是很难从根本上解决灾民的生计问题的。除了养猪，农民还有什么其他的产业可发展？于是，我们又花几个月的时间深入调研论证。在有针对性的调研过程中，我们意识到了一个很重要的问题，就是将来的产业经营主体问题，谁来负责项目的经营和管理？

　　能否采取股权到户，然后资金集中管理使用？我们提出了一个大胆的设想——资源整合，股份制经营管理模式。农民自己的事，让农民自己做主。

　　为了保证这个计划在实施前不出差错，我们还专门去了青海的扶贫资金股份化项目试点，学习了解他们的成功管理经验。我们发现试点的做法虽然可以保证农民有5%的收益，但收获最大的是企业的经营者，因为更多的收益都归经营者，不管有多少，都和入股的农户无关。那么如何能使

⊙带领村民到宝山村进行参观和学习，共同探讨集体经营的道路

农民的利益最大化呢？

我们觉得真正的股份制，农民不仅要有分红权，而且应该承担风险。这样风险可能是无限的，但是收益也是无限的。假如你的风险控制在5%，收入也控制在5%，这个项目成功的话获益也就5%，很难获得大的收益，很难从根本上改变农民的收入状况。因此我们进行深入研究后，决定进一步地将细节规范化，引入真正的股份制。

股份制公司的管理，不仅需要有一整套详尽的机制，还需要有成熟的管理经验。另外，按国家有关政策，公司成立后必须要缴纳各项税费。本来，按现行的有关政策，农民自己经营是免税的，但是因为你成立了公司，尽管还是农民，经营的还是农业项目，就要缴税。这样对他们来说既不公平又不划算。

面对这样的情况，既要节省农民的不必要支出，又要保留股份公司的精髓，反复讨论、权衡，最后决定以合作社的方式来做这个项目。让每个村民都做合作社的股东，然后由股东来选出村民代表，根据村的大小决定选派代表的人数。规模较大的村，原住民超过了80户的村寨可选派3个代表，不到80户的村选派2个代表，总共是7个自然村，选出来的代表加上基金会的代表、村干部的代表，总共是选了29个人作为股东代表。在这群代表中选出合作社的理事9人，在理事中再遴选理事长，董事长、会计等管理人员由合作社委派，建立健全完善的管理制度。

在实际选举过程中，我们也遇到了一些具体问题。比如，有的村民不太信任村干部，怕村干部控制合作社，权钱不分一支笔，造成一手遮天，让村民蒙受经济损失。为了避免这个问题，打消村民顾虑，我们对村干部与合作社的关系做了一些约定。比如村干部可以担任理事，但是不能担任理事长。如果说村民一定要选村干部担任理事长，那么村干部就一定要辞去现任的职务，不能是村干部兼理事长。村书记可以参加监事会，行使监事应有的权利。

理事会确定后，合作社制定了一个全新的章程。章程里面有很多地方是独有的创新。

比如基金会必须要参与其中，因为这是一个全新的模式。我们既要持续参与，保持基金会在理事会的地位和一定的话语权，但是我们又不能有太多股份，有利益诉求。你要是有利益的话，村民就会怀疑，你基金会做这个项目，是不是为了自己赚钱啊？这样就得不到村民的信任，得不到村民的支持，项目就实施不下去。

于是在章程中，我们就设计了一个"金股"机制，让基金会像普通村民一样持有一股，这样我们就可以作为股东参与合作社的事务。金股持有人不仅可

⊙诺基亚（中国）企业社会责任总监傅蕾女士（右一）出席民乐村种养合作社剪彩仪式

127

以参加理事会，而且拥有否决权，就是有重大的决议的时候，如果基金会的代表不同意，决议就不能通过。这样就可以有效控制可能出现的弊端。比如将来与外来投资者合资的时候，合作方如果要转移资产，因为有否决权，我们可以有效制止；村民也可能因为看重短期利益，而提出不考虑持续发展的意见，那你的否决权也可以否决。

另外，从我们基金会的宗旨出发，我们希望民乐村将来发展起来以后能尽社会责任，这个村子富了以后要带动和帮助别的村发展。因此章程里规定，当民乐村合作社的盈利超过了500万元以后，每年要从盈利中向基金会提交10%的利润，作为贫困村发展基金。这个是一个很独特的制度设计。

当我们认为整体方案已经比较成熟的时候，就对村民说明项目的整体构想和具体操作方法。但村民听说基金会的捐赠资金要集中起来做产业搞项目，只是让村民持有股份，给村民发的是股权证而不是钱，一片反对声，谁都不同意。

没想到本来是为他们未来做打算的长远规划，被他们全盘否定。

⊙民乐种养合作社成立

有些村民的情绪很激动，说话也很难听。比如有人说我们来村里这么多次，把村里的草都踩死了，才给这么点钱，等等。

做农民的思想工作难度很大，思想差异和理念都参差不齐。后来了解到有一个走规模化经营的典型，就是附近

◎带领村民参观养猪场

彭州的宝山村。在贾书记的带领下，宝山村选择了集体经营的道路，并由此发展形成规模，最后逐步形成一个现代企业集团，村民的生活大大改善。

宝山村的成功案例给我们的启发很大。于是我们就从村里选出了一些代表，组织了一个考察团，一个大车拉到了宝山村，让贾书记讲了他的成功经验。"当时村委开会，我就跟村里的干部讲，如果我们把村里仅有的几千块钱分了单干，最多有5%的人可能会发家致富，能成万元户，而剩下的95%的人，可能还得过和以前一样的日子。我们不能把这些人抛下不管，我们必须一起干，才有出路！"贾书记告诉民乐村的代表，当时为什么要走合作化的道路。

这些代表看到了也听到了当地的共同富裕的情况后，感想很多。共同认识到了要想过上好日子，像宝山村民一样富裕，就必须走合作的道路，而不能单干。代表们用自己亲眼看到的事实回到村里跟村民讲述所看到的宝山情况，终于在真实的感受中同意参股，走共同致富之路。

◎ 希望，有总比没有好（原灾后重建办公室主管 桓靖）

好久没有记录在灾区的生活了，虽然工作压力和强度很大，节奏非常紧张，但吃饭睡觉都还正常，谢谢一直关心、鼓励、支持我的人。

⊙村民小组会议，用参与式梳理村庄发展的需求

　　6月24日过来德阳后，至今也没回去，忙着很多事情。过渡期的板房已经基本建完了，顾不上陶醉和欣慰，工作重心又转移到灾后社区综合发展上了，既有房屋重建，又有生计发展，还包括村民自治和基层组织的发育。

　　大学时曾经一度希望投身农业领域，为改变农村面貌做一些工作。毕业时冲着能力提升、品性涵养的机会，来到这个组织工作，和领导、同事、朋友交流时，经常也把做一个农庄主的所谓理想挂在嘴边，似乎依然信守着内心深处对乡土的无比眷恋和持久热情。很多时候，却不得不尴尬地面对一个拷问：现在的工作如何与做一个农庄主的梦想完美结合，如何做好铺垫，很长时间里，这个问题没有答案。这似乎是一个天大的讽刺，或者也是充满浪漫气质和理想主义色彩的年轻人们最大的煎熬和打磨，成为鹅卵石还是依旧保留棱角，答案总不是唯一。

　　来到我要开展社区综合发展的第一个村子——绵竹市土门镇民乐村，就被这里的一切征服了，第一个念头就是在这个村里扎根，把它做好。

　　灾难过后，这里几乎被夷为平地，一切都要从头开始，甚至要像中国男子体操队四年前的誓词一样从负开始，可以想象，这自然需要艰难而漫长的一个过程。在村民们铆足了劲儿想要重建家园的时候，也给自己这样的公益组织从业人员提供了一个绝佳的"机会"（很自私地说）。之所以是机会，在于这个村子现在几乎是一样白纸，在重建规划方面可以任由我们发挥了。很多人、很多组织想做农村工作，帮助农村发展，却囿于各种制约因素，无法施展拳脚，而我们现在既有社会援助的资金，又有当地政府的支持，还有老百姓的信赖，这自然是无比难得的机会，暗暗觉得，自己曾经的梦想就要在这里实现了。

把困难估计得越低，实际中的阻力就越大。当邀请到国内顶尖的一些建筑设计师来村里，为村里做空间规划时，当邀请到业内顶尖的结构工程师、材料工程师来村里，寻找价格低廉、取材容易、技术简单、环保实用的建筑结构和工艺时，才发现，无论想要为受援对象做什么事情，都要先搞清楚他想要什么。于是又请来社科领域的专家来这里用参与式调查评

⊙带村里的干部、能人外出考察学习

131

估的方法了解这个村子的资源和需求，以期获得规划时所必需的一手参考资料……寥寥数语，却是一个复杂的过程，来的都是大腕级的人物，谦卑投入自不待言，然充分整合、驾驭局面却是对这个团队的极大挑战。整个过程中学了很多东西，和农民一起画村里的地形图、让农民画出自己理想的房屋平面分布图、组织农民开村民大会充分讨论村子的重建规划，很热闹，很受启发，学了很多东西，思考了很多东西。

三天紧张的参与式评估完成后，坐下来仔细盘点，才发现问题远比预期的要复杂和具有挑战，于是开始修正方向和目标，试着把自己擅长的东西放到村子发展最需要突破的环节上去，希望能找到解决问题的有效办法，为大灾过后的农村房屋重建、生计发展、组织发育探索有效的方法和模式。

最初的美好预期遭遇一次打击，但是憧憬、希望和斗志还在。想到前几日团队内部培训中，自己的PPT中引用的马克·吐温的一句话——"希望好比是一个家庭，没有它，你会觉得生活乏味；有了它，你又得天天为他辛劳"，和自己引申出来的另一句话"希望，有总比没有好"。

前路漫漫，方向迷迷，且行且思。

【让孩子们在快乐中成长】

　　5.12汶川大地震使得孩子们的心灵遭受到了严重的创伤，为帮助他们走出地震阴霾，在耐克公司的支持下，中国扶贫基金会携手国际美慈组织，联合开展了"加油"青少年心理干预项目。该项目以游戏与运动为载体，旨在通过主题游戏、运动、表演、话剧等参与性艺术的方式，激发孩子们自我恢复的心理潜质，培养他们包括建设性交流、自尊心、耐挫力、团队合作与信任等在内的积极品质，帮助他们快乐成长。在项目开展过程中，中国扶贫基金会融合香港社工项目"梦想剧场"，美国全明星组织的青少年领导力培训方法和观念，吸收其他同类项目的优点，形成了中国扶贫基金会特有的"加油——在快乐中成长"青少年潜能训练项目，并编写了视频及文字教程。自08年6月开始，两年多的时间，项目共覆盖四川省德阳、绵阳、平武、都江堰以及甘肃文县等26个地区的学校194所，培训安抚员1600余人，10万余名孩子受益。

⊙绵阳市高新区火炬三小的学生参与"加油"活动

133

◎ 那些爱我和我爱的人（灾后重建办公室主管 米志敬）

总是对学校有很多的亲近感，喜欢听教室里传来的琅琅书声，喜欢看操场上蹦跳的活泼身影，喜欢感受来自生命中最单纯的那份美好。"5·12青少年心理干预项目"启动之后，终于有机会常常走进学校。

缝合天使翅膀的人

10月17日下午，我们同国际美慈组织的青年项目主管Christine、心理学专家Iraida、张祥荣及王梅老师走访了绵竹市九龙学校。九龙学校是一所综合性学校，其中幼儿园100人，小学六个年级9个班，共306人，老师45人。在5·12地震中有96个孩子和14名老师遇难（其中74名小学生，22名幼儿园学生），38名师生受伤（其中32名学生重伤，3名学生致残，3名教师重伤），100多个孩子经历了被废墟掩埋的恐惧。

目前，"加油！在运动中恢复项目"已在全校开展，"抚慰童心项目"在三至六年级开展。学校配有一间心理访谈室。访谈室简单而温馨。绿色的窗帘，卡通的台布，摆放着小小毛绒玩具和各种心理辅导书的书架，墙上还贴着关于工作原则、心理健康的宣传画。

◎抚慰童心

两位母亲带着两个小女孩走进来，向学校的老师简单的说明了情况。扎着麻花辫的小女孩10岁，地震当天被埋在了教室里，之后总喊头疼。另外一个小女孩6岁，不想上学，也不跟别人说话，总是黏着妈妈。两个人都紧紧地拽了妈妈的衣角，偷偷瞟我们一眼，匆匆低下头去。

王梅老师是四川大学心理系教授，她看到孩子的神情后，就立即拉着孩子的小手坐到小桌旁边随意的聊天。慢慢的小孩子脸上露出了笑容，王老师开始鼓励她俩画画。我们看到一张画上一棵苹果树，画中的小孩眼睛竟是圆圈里大大的叉，而且没有胳膊。我心里一颤，那画中的眼神，代表了死亡……王老师和蔼的鼓励，我们给她画上胳膊吧。小孩子摇摇头说："她的胳膊坏了，疼。"而另一张画上，天空中两只鸟离得很远。6岁的小女孩说："这个是妈妈，这个是孩子。"出来后王老师解释说："小孩子缺乏安全感，家长应该多些时间陪陪她。"

如果说，学校是天堂，孩子是天使。而5月12日的地震，就是天堂开始下雨，天使折了翅膀。但是现在，有了那么多愿意撑伞的人，那么多愿意为了缝合天使的翅膀而努力的人。我想，他们一定会再有灵动的双眸，稚嫩的笑声，通透的心智，一定可以自由飞翔。

那些欢声笑语

10月30日下午，我们相约走访汉旺学校。汉旺学校原有学生2510名，教职工240人，此次地震夺去了228个孩子如花的生命，22位老师不幸遇难。学校校舍全部垮塌，目前迁至绵竹市武都镇的临时板房学校。在汉旺学校的10

⊙雀跃的孩子

名江苏支教队老师参加了我们9月份的青少年心理干预培训。

刚刚走进校园，就看到正对大门的操场上一群雀跃的孩子。江苏支教队黄辉老师正带着他们做游戏——"进化论"，目标是提高孩子们的耐挫力。游戏中要闯过几关才能完成从猴子到人的进化。他们那单纯的笑脸，脆亮的笑声，欢欣的雀跃，让我感觉温润的空气里都是快乐的味道。

目前"加油！在运动中恢复"项目已在六年级7个班、初中3个班试行，学校张永禄校长亲自参与其中。黄老师拿出初一学生写的活动后感受给我们看。

有孩子写道："那是我从5·12以后最快乐的一天"、"那是我最难忘的一节课"。而读到初一一班的李兴芳小朋友的文字，我们忍不住笑出声来——"回想起星期四下午那一节活动课，那是个'爽'啊！"他一定是坐在课桌前托着下巴，回味了好久，才提笔笑着写下这句话的，调皮而可爱的孩子！

金艳写道："在地震当中，大家都有一块疤，是从死亡的恶魔中逃出来的。"也许，没有亲历地震的我们是无法想象的，纵然我们努力的了解灾难的经过，纵然我们努力的设身处地，但我们依旧无法对他们所经历的那种恐惧感同身受。他们会"怕大风把自己吹到了一个遥远的地方，怕自己迷了路，找不到回家的路途。"稍微的没有秩序就会让他们"想起地震时的混乱，四面灰尘扬起，一片漆黑，好像太阳被盗走了"。

现在这些孩子们在"报数寻找我的家"、"老师说"、"一分钟拍手"等一个个游戏中放松自己。在每个游戏结束，老师都会让他们分享感受。他们那么机灵，那么聪慧，对游戏中暂时没有找到"家"的同伴说："其他的同学每人让出一点位置，人多了，让出一点点的位置凝在一起，就有一个'家'了。每位同学都有家，就有甜甜的笑了"。他们感受到"地震后，人们无家可归，可是有了别人无私的大爱，让我们团结成一家人，制造出浓浓的家庭气氛，有了一种幸福、安全的感觉"。在"比比谁的眼力好"游戏之后，他们写着："我们决不放弃。"

他们写道——想真心诚意地对那些爱我们，关心我们的叔叔阿姨说一声：谢谢！因为有您们无私的大爱，才让我们有了一个"心灵的家"。

看这些稚嫩认真的笔迹，看这些简单平实的句子，总有些许心疼，些许爱怜，些许欣慰从心中掠过。胡茂霞小朋友说："我们的笑容对于他们来说是最珍贵的礼物。"是啊，真的希望校园里总有你们明媚的笑容，你们的欢声笑语，让我们感受着生命最初的悸动！

◎ 受益人的故事

我竟然笑了（孝感中学的贺龙同学）

以前，我总是认为同学们瞧不起我，他们说的做的都是针对我，他们就是爱欺负我。通过这次的活动，我突然发现，原来并不是我想象的那样。在"皇帝的椅子"这个游戏当中，我们大家彼此紧紧地挨在一起。我们必须把前一位同学抱紧，同时蹲下来坐到后一位同学的大腿上。为了全组同学都能平稳地坐下来，我们每一个人都得当好一把椅子，让同学坐稳，自己又不能把全身的重量放下来。

我们喊着加油，唱着歌，彼此鼓励着。当我发现自己要倒下来时，被他们伸出手来拉了一把。我终于发现，我不是一个人，原来我是那么需要同学们，而同学们也是需要我的。他们从来就没有瞧不起我。做这个游戏

⊙游戏"皇帝的椅子"

时，我感到有人踩了我一脚，要是以前，我早就一脚踩了回去，可是这次我竟然笑了。

我当"搬运工"

活动课到了，同学们可高兴了！飞速奔向操场，老师先让我们围成一个大圈，耐心仔细地为我们讲解游戏规则，我们即将进行的游戏叫"搬运工"。就是两个手拿一只乒乓球拍，一起夹住乒乓球前进，到达后对面的组员……最后看哪个小组先到达终点。

分好组后，只听见裁判一声令下，各组的两名同学手夹乒乓球，迈着小步前进，我们小组一开始进行得十分顺利，组员都小心翼翼，乒乓球都未落地，可一到我这儿，就不太顺利了，也许是我太高的缘故，我的手始终与组员的手配合得不协调，她把乒乓球拍举得较低，弄得我只好弯着身子，尽量往下压着乒乓球。在炎炎烈日下，任凭汗水从我的额头滑落，却不能用手拭去，我多么想放慢速度，稍稍放松。可我看见身边的同学都坚持着，我不能松懈，于是在心里给自己加油，想着我能行。不久，我到达

⊙我当"搬运工"

对面，顺利把球拍传给组员……一排排身影从我眼中走过，当最后一队到达终点时，同学们口中响起了胜利的欢呼声。

这次比赛，我们小组的成绩虽然不是最好，但这已经不重要了，通过这次活动，让我感受到了胜利的真正意义所在，那就是克服困难的勇气。其实，在学习中也一样会遇到困难，也许就是多坚持了一会儿，就摆脱了困难，取得胜利。在这炎热的天气，就是需要坚持，坚持就是胜利，困难不可能被征服，因为困难中也隐藏着小小的希望，心中怀着坚定的信念，困难终究会被战胜。

【一百万个包裹 一百万颗爱心】

"爱心包裹"项目是中国扶贫基金会发起的一项全民公益活动，通过动员社会力量捐购爱心包裹的形式，关爱贫困地区及灾区小学生。

5·12汶川地震后，中国扶贫基金会动员社会各界向灾区孩子送去关爱和温暖。截至2009年年底共计有超过100万人累计捐款1.3112亿元，向四川、陕西、甘肃灾区的小朋友送去学生型文具包裹1168831个，学校型体育包裹14239个。

◎ 爱心是树，撑起一片绿阴（四川省宣汉县东林乡中心校任杰淑）

"5·12"大地震后，我被一些东西感动着，我的思想感情的潮水，在肆意奔流着，它使我想把一切东西，都告诉给人们。但我最急于告诉你

⊙2009年5月爱心包裹项目在人民大会堂启动

们的，是今秋九月，开学初由中国扶贫基金会捐赠的学生型"爱心包裹"发到了我们每一个学生手里后的故事。

也许有的人在心里隐隐约约地说：你说的不就是一个"学生型爱心包裹"吗？这听起来是很平凡。可是，我要说，这是你不了解爱心包裹在学生生活中泛起的波澜。

让我还是来说一说吧。

我校坐落在一个穷山沟里。2009年9月4日下午，学校把爱心包裹分发给每一个学生，那情那景，让我感动着。至今，那一幕都还清晰地印在我脑海里。

⊙收到爱心包裹的快乐的小学生

先看看我们低年级的学生。他们拿到爱心包裹，就像得到宝贝似的，翻来覆去地看个不停。然后迅速地打开它，把里面的东西一件一件地拿出来。有的小朋友抱着水壶亲个不停；有的小朋友拿出水彩笔，摸摸这支，看看那支，甚至东画一笔，西画一笔；有的小朋友把爱心包裹一会儿放在书桌上，一会儿抱在怀里，一会儿提在手上。那个喜呀，那个乐呀，溢于言表。

再看看我们中高年级的学生。他们小心翼翼地打开爱心包裹，静静地翻弄着里面的东西。情不自禁地说："好多东西，多好的东西。"然后慢慢地合上它，轻轻地把它放在书桌上，顿时，热泪盈眶。教室里出现了从未有过的静。他们陷入了深深的沉思之中……忽然，一个个声音打破了安静："我不会在为画不出蓝树叶而发愁了。" "上放学路上，我不再担心口渴了。""我也不再为画圆而不圆伤心了，老师也不会因为这个而难过。"他们指着爱心包裹说。同学们你一言，我一语，说得多带劲，说

众人的力量 ——中国扶贫基金会汶川地震救灾纪实

得多实在。看到学生们的一举一动，听到他们的一言一语，我再也控制不住自己的感情，泪水顺着脸颊流了下来。

这就是我们的学生，领到爱心包裹后的学生。听到这儿，你还会说，不就是一个"爱心包裹"吗？我们的学生的确需要这样一个它啊！

第二天，我被眼前的情景惊呆了，同学们的双肩背包不见了。人人手里提着爱心包裹，个个喜笑颜开，显得那么神气。

爱心包裹，校园一道靓丽的风景。爱心包裹带给学生们的不

○陈红涛秘书长助理在首批爱心包裹发放暨爱心包裹项目在四川省的启动仪式上讲话

仅是喜悦，更多的是收获。

以前，我们学生们的课余生活，除了玩还是玩。有了爱心包裹之后那可不一样。你瞧，现在是课余时间，你看看他们都在做啥呢。有的同学在看童话，被童话中精彩的故事深深的吸引，看得聚精会神；有的同学用水彩笔画出了五彩缤纷的世界；有的同学用手工纸折出了青蛙，兔子，可爱极了；有的同学用单线本积累好词、好句；有的同学用钢笔在练习钢笔字，那字有模有样，漂亮极了……我们的同学就这样培养着自己的兴趣和爱好。他们变了，变了，变化可大了。

绘画比赛，赢得了人们的赞叹；演讲比赛，赢得了全场最热烈的掌声；写作比赛，下笔如有神；手工课，心灵手巧。

朋友们，用不着我一一的列举。你们已经知道是谁改变了他们？一个爱心包裹——爱心。

爱心是风，卷起浓密的云；

爱心是云，化作及时的雨；

爱心是雨，滋润干旱的树；

爱心是树，撑起一片绿荫。

朋友，献出你的爱心吧。更多的孩子需要她，在等待着她。等待她去圆他们的上学梦，等待她去开创他们的未来，等待她去……

◎ 亢铁柱：把做公益当作一件乐事（来源：人民网）

一个普通工人，把捐助当作一项事业，两年来默默捐助着一个个素不相识的人……

亢铁柱是内蒙古神华乌海能源公司公乌素洗煤厂的一名普通工人，从2009年5月起参加由中国扶贫基金会组织的爱心包裹活动至今，他已经累计为这个活动捐助了1000余元。

2009年5月，亢铁柱从中央电视台的一次明星义演中知道了这个"爱

⊙龙居小学校长夏绍明在爱心包裹签收单上签字

⊙收到爱心包裹的孩子脸上绽放出欢乐的笑容

心包裹"公益活动。这一活动由中国扶贫基金会发起，通过动员社会力量捐购爱心包裹的形式，关爱贫困地区及灾区小学生。爱心包裹中的善品是根据受益对象需求的不同精心配备的学习和生活用品。

中国扶贫基金会依托中国邮政的网点在全国开通了3.6万个爱心包裹捐赠站，社会各界爱心人士只需要通过邮政网点捐购爱心包裹（统一的善品和捐赠标准），就可以一对一地将自己的关爱送给需要帮助的人。

看到那一双双渴望帮助的眼睛，一向热爱公益活动的亢铁柱坐不住了，从此，他开始通过公乌素和拉僧庙邮局参加这项活动。

其实，亢铁柱自己家的条件并不宽裕，年近50岁的他上面有90岁的爷爷和年迈的母亲需要照顾，下面两个上大学的孩子也是正在用钱的时候，仅仅靠他和妻子的工资养家，日子过得紧巴巴的。即使这样他也要从生活费里挤出钱来参加这项活动。

比起明星和富豪们动辄百万千万的捐款，这1000多元显然是一个很小的数字，但对一个家境并不很宽裕的工人来说，这1000多元也能称量出一个普通人的拳拳善心。按照他的话说："每做完一件好事，心里就感觉特别亮堂，特别舒服，特别轻快。"

正是这三个"特别"，使他已经习惯了做好事。居民区通往厕所的路不平，他自己拉来土把它垫平。街上垃圾桶倒了，他就扶起来。有一次，亢铁柱看到一个盲人走在街上，由于盲人道被自行车、电动车占满，盲人一路磕磕碰碰，行走困难。亢铁柱主动上前搀扶盲人绕过障碍，将他送过马路，后来他又掏出5元钱给盲人打上出租车。他的行动感动了出租车司机，司机表示保证把盲人送到家，并说钱如果不够他就不要了。

亢铁柱有一个心愿，就是要加入党组织，他想用一个党员的标准来要求自己。现在，他已经向党组织递交了入党申请书。

⊙爱心包裹项目得到了公众人物的热情支持。田亮等体育影视明星参与了"爱心包裹"的宣传推广

◎《爱心包裹最漂亮》

爱心包裹项目的受益学校之一，四川省绵阳市涪城区玉皇小学为了表达对中国扶贫基金会及捐赠人的感恩之心，由陈正校长组织创作了歌曲《爱心包裹最漂亮》，并由该校的玉娃娃唱诗班演唱。歌词如下：

> 不用记住我的模样，我是你心里那束温暖的阳光
> 不用为我的付出鼓掌，我是你心里那阵淡淡的芬芳
> 一份祝福，把生命照亮
> 层层包裹，是爱的力量
> 天涯比邻，爱是一座桥梁
> 爱心包裹最漂亮，它总来自最善良的地方
> 爱心包裹最漂亮，它总有打动我们的光芒
> 爱心包裹最漂亮，它总把爱的奉献歌唱

【小额信贷助力乡村重建】

为帮助灾民重建家园,中国扶贫基金会经过充分调研,提出以小额信贷支援灾后重建的决定,并得到了壳牌、耐克、如新、达能和摩根大通等捐赠方的大力支持,成立"5·12小额信贷基金",为灾区百姓提供无须抵押、无须公职人员担保的安居贷款和创业贷款,并实行相对优惠的贷款利率。

通过两年多的不懈努力,中国扶贫基金会先后在绵竹、什邡、德阳市旌阳区成立了3个小额信贷分支机构,截至2010年12月底,累计向灾区百姓发放贷款2692笔6300万元。

◎ 李加英:"人应该怀有一颗感恩的心"(小额信贷项目部 张晶晶)

⊙李加英,绵竹

她是一位非常明星,凤凰卫视的采访、《华西都市报》整版的报道,让她和她的故事流传甚广,甚至在"鸟巢"被游人认出。

她是一位公益典范,她的形象频繁出现在捐助企业各种活动和志愿者的博客中,感动了从商界精英到草根民众无数人。

她是一位优秀员工,骄人的放款金额、数量众多的受益农户以及零违约的纪录,一系列漂亮的数据昭示着她令人信服的工作业绩。

她叫李加英!

李加英,绵竹县遵道镇秦家坎村人。作为身处地震重灾区的灾民,李加英与千千万万的灾民一样经历了天崩地裂瞬间的惊心动魄;作为冲在第一线的志愿者,李加英也与所有的志愿者一同在废墟上为灾区民众扬起了爱心的

⊙李加英(左一)与她的贷款客户在一起

旗帜。现在的李加英,又一次以自力更生重建家园的灾民和无私支持灾后重建的援助者双重身份,映射出灾区民众浴火重生后蓬勃的生命力和支持灾后重建中可持续发展的力量。

"国家帮助咱们,咱们应该知道感激国家"

2009年7月18日,北京,九华山庄某公司华北区年会彩排现场,小额信贷捐赠企业某公司大中华区副总裁郑重与他即将介绍给华北区数千员工的信贷员李加英进行交流,穿着绣有小额信贷标志白衬衫的李加英说:"感谢某公司和员工对地震灾区以及小额信贷的援助,我们的生产和生活正在恢复,我告诉客户不需要感谢我们,只要赚钱后能帮助更多的人就好。"

李加英的善举和感恩之心在如新年会上获得了由衷的掌声和热切的关注,李加英的笑脸前,闪光灯不断闪烁。

朴实的李加英在放款帮助灾民的同时,还不断的强化乡亲们的信用意识,保持了小额贷款100%的还款率,同时还说服一些老的信用社贷款拖欠户,重新开始还款。她说因为信用社的贷款都是国家对灾区的援助,大家应该感谢国家,还有很多人都需要帮助,如果大家都不还钱,就没办法救助更多人了。因此,"大家一定要按时还所有的贷款,国家帮助咱

⊙李加英与她的贷款客户在一起

们，咱们应该知道感激国家。"成为李加英对她服务的农户最常说的一句话。

为了配合贷款农户的作息时间，方便农户贷款还款，李加英的工作时间通常都选择在别人的休息时间，晚上8：00～10：00是收款的黄金时段，她已经习惯于晚上10：00以后独自一人骑摩托车走夜路回家。由于农户人数众多，各种农户走访活动占据了她大部分休息时间，以至于完全没有时间照顾家庭，但是她的工作得到了全家人的支持。特别是她9岁的女儿，曾经跟她一起走村串户回收贷款，两个小时里走访了23位客户。回到家后，一直在一旁帮妈妈递发票的女儿，认真地对她说："妈妈，跟你在一起我终于知道时间宝贵了。"谈及女儿和家庭，李加英的语气中有一丝歉意，又充满了更多的期待。她说，地震中虽然家全被毁了，但是家里人都安然无恙，已经很幸运。自己和丈夫努力工作，可以让生活尽快的好起来。李加英放出的贷款，让乡亲们的房子一座座拔地而起，生意日益兴隆，而通过全家的努力，她自家的房子也基本竣工，即将入住。

李加英说，通过她和同事努力，中国扶贫基金会的小额贷款，已发放贷款近600万元，受益农户达338户。其中已经有298个家庭在安居贷款的支持下实现安居，以及40个家庭在创业贷款的支持下启动或扩大创业项目。她可以自豪的宣称："我在自救的同时，也实现了帮助乡亲的目标！"

◎ 小额贷款让我看到了希望!

21岁的曾祥勇初中毕业即开始外出务工,早早地挑起了单亲家庭的生活重担。2007年母亲不幸患上乳腺癌。孝顺的他立即回到绵竹,倾尽积蓄为母亲治疗。2008年的地震让这个本以满目疮痍的家庭更无疑是雪上加霜。

2009年灾区进入重建高峰,曾祥勇看准商机,购买了一辆二手农用车经营起了货运生意。凭借着辛勤努力,家里的生活渐有起色。但因资金不足,无法扩大经营以获得更大收益。

⊙曾祥勇凭借小额贷款走上了致富路

得知中国扶贫基金会小额信贷可为灾后重建提供安居和创业贷款,他立即申请了3万元贷款。如今跑起长途货运的他日子越过越红火。曾祥勇说:"你们的小额贷款让我看到了希望!"

【捐一元·献爱心·送营养】

　　2008年10月，中国扶贫基金会联合百胜餐饮集团中国事业部、联合国世界粮食计划署（WFP）开展了"捐一元，献爱心送营养"系列活动。活动通过百胜集团遍布全国的肯德基、必胜客、必胜宅急送及东方既白餐厅向公众筹款，汇集社会各方力量，为地震灾区的孩子们送去营养，让他们健康成长。截至2009年12月底，项目共募集善款1029万余元，累计为四川受灾严重的绵竹、江油、雅安、北川等地近15000人次的小学生在校期间每天提供一份营养加餐，持续一年时间。该活动并将持续开展下去。

◎ 受益人故事

免费营养餐，爱你没商量（天全县思经乡第二中心小学教师 李朝庆）

　　每天上午11点，是我们学校学生最高兴的时候。刚一下课，孩子们就迫不及待排队领免费营养餐，看着孩子们吃得津津有味，老师们心里别提有多高兴。

⊙学生们领到营养餐包后兴高采烈

　　中国扶贫基金会自2010年3月起，在学生上课期间，每天免费配送一个学生一盒200毫升牛奶和一个64克面包，每日供应的面包多达15种口味，牛奶也有好几种口味。天全县思经乡第二中心小学250多个学生无比喜爱营养餐，从2010年3月开始吃营养餐，至今已满一年。

农村学生体质差，个子普遍比城市学生矮，原因有两个方面，一是蛋白质等营养物质摄入不足，二是部分学生不吃早餐。中国扶贫基金会关注身心处于发

⊙演艺明星林心如、陆毅在肯德基餐厅呼吁消费者参与"捐一元献爱心送营养"活动

育期的5·12地震灾区儿童，捐赠营养餐解决学生营养健康问题，这是利生利教的善举。

以前进入秋冬季后，学校20%的学生会患一次感冒，5%的同学会反复感冒。学生吃了营养餐后体质普遍增强，2010年秋冬季全校只有不到2%的学生感冒，没有反复感冒的同学。

孩子十分贫穷。孩子入校时个子小、身体瘦，仿佛风一吹就可以吹倒。孩子从2009年9月到学校寄宿读学前班，从2010年3月开始每天按时吃营养餐。现在，杨士康面色红润，身体长高了7厘米，体重增加了11千克，健康活泼，讨人喜欢。

记得营养餐第一次到校时，部分家长没有认识到优质奶会促进孩子身体发育，担心孩子吃出问题。学校及时给全校学生讲解牛奶面包的营养价值，鼓励孩子们大胆吃，并回家给家长宣讲牛奶促进儿童身体发育的巨大作用。看到孩子们喜欢上营养餐，身体也越长越棒，家长们打心眼里高兴。

我常想：有那么多爱心人士关注灾区儿童营养健康问题，有那么多农村孩子喜欢营养餐，真心希望孩子们年年吃免费营养餐，"免费营养餐，爱你没商量"。

感谢好心人 （四川省雅安市天全县兴业乡第一中心小学六年级　罗杰）

"春蚕到死丝方尽，蜡炬成灰泪始干"这本是形容老师的名言，但是我觉得形容您们也毫不夸张。

我是兴业一小一名普通的学生，感谢您不辞辛苦，千里迢迢来到我们这里，为我们送来香气扑扑的牛奶面包，这在我们的梦里都没有出现过。

⊙百胜全球餐饮集团董事会副主席、百胜餐饮集团中国事业部总裁苏敬轼先生将营养餐交到灾区孩子手中

再说您们还是给我们免费赠送的，我曾经想都不敢想，但是您们无私的奉献把我们这群山村孩子的牛奶梦给圆了。

我们第一次看到您们给我们送的面包后，是无比的快乐啊，也许您大概还不知道我们第一次吃面包的时候的场景吧：看着满满一箱香喷喷的面包，满满一大盒牛奶令我们感动极了，一个个都盼望这充满爱心的"营养早餐"来到我么的身旁，希望早点吃到有爱心的早餐啊！早餐终于来到了我们的手上，我们一个个都喜出望外，大家慢慢撕开面包袋，津津有味地开始吃起来，大家都吃得很慢，咬一口香气充满了口中，香气开始下沉，慢慢来到我的肠胃中，勾得我们肚子里的馋虫只往上爬。

第一次的面包让我回味无穷，甚至于到现在我还清楚地记得面包的名字——蔬菜面包。

在以前的时候，由于早饭吃不好，在上课的时候经常会饿肚子，从而影响学习，而现在有了您们的关心与爱护，我们将不会在被饿肚子，我们会好好学习，努力成长为一个对社会有用的人。

您们的鼓励和支持我们会化作前进的动力，不断前进！前进！前进！

【为贫困家庭子女插上理想的翅膀】

为资助灾区贫困学生顺利完成学业，2008年，新长城大学生和高中生学生资助项目共募集资金1834.04万元，总资助学生数量近8000人。其中，192.37万元抗震救灾专项资金用于了1454名川籍在校贫困学生的资助，使得他们在家乡受灾的同时能够顺利的渡过艰难的求学时期。

◎ 灾区学生周文健给捐赠人的信

周文健是一名南坝中心小学四年级学生，他得到了"新长城"自强助学金的资助。他给他的捐赠人寄来信说他已经收到了资助，细心的他还随信寄来了他可爱的照片。从他稚嫩的笔迹中可以看得出写信时的认真，中间还有纠正字迹的修改印记，相信这是在他父母的指导下完成的，这是有心的一家人。

尊敬的陈叔叔：

您好！

非常感谢您对我的关爱和帮助。在这里我代表爸妈向您全家表示深深的感谢，并祝您们全家一切顺利，万事如意。

陈叔叔，您捐送的新长城助学金，我以于（已于）2008年11月25（日）收到。收（到）时内心非常高兴，很想当面说声谢谢，我发誓一定要好好学习，以优异的成绩向您汇报，决不辜负您对我的期望和帮助。

⊙周文健寄给捐赠人的照片

⊙新长城工作人员拿着周文健给捐赠人寄的信和照片

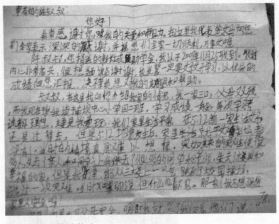

⊙周文健稚嫩的笔迹

叔叔，在这里我向您介绍我家里的情况，我一家三口，父母双残，而我现在9岁，我（就）读于南坝中心小学四二班，学习成绩一般。每次学习考试都不理想，主要是我爱玩。我们这里家里生活平常（正常）。在5·12前一家生活好，还是过得去，但是5·12地震发生后，家里就什么都没有了，当时的情境真是难以想象。突如其来的灾难使很多人失去了亲人，让我失去了很多同学和老师，失去了校园和幸福的家。但是我很万幸，能从三楼一口气跑到了校园操场，逃过一次灾难。当时烟雾弥漫，但什么也看不见。那一刻我顾不了多想，只想家人安全吗？

回到家里看见父母安全，那时我就哭着向着他们说："现在我们学校没有了，家也没有了，我们该怎么办？"他们安慰我，让我放心，一切都会好的。

大灾无情，人间有爱。地震发生后，我们得到了全国人民给我们的帮助，得到了社会各地的支持，现在我又能在安全的板房学校读书了，而且吃穿一切尽有。这里我感谢党和政府，感谢像你这样默默无文（闻）的帮助才使我们有了学习的机会和对生活的勇气。陈叔叔，我现在学习成绩虽然不好，但我要加油努力学习，以优异的成绩和坚强不屈的精神回报祖国，回报帮助过我的人。我发誓长大了当一名解放军，要像他们不怕困难不怕牺牲。

叔叔总有千言万语，一时也难以表达完全，只有再次说声谢谢。谢谢陈叔叔。

给你寄来一张我的照片，希望能喜欢。

周文健

2008年12月10日

【让孤儿有爱有家】

孤儿助养项目，在给孤儿的生存以必要资助的同时，还组织了多种形式的孤儿关爱活动，帮助他们树立积极的人生观，让灾区孤儿感受社会的温暖和成长的快乐。截止2010年12月31日，汶川地震抗震救灾资金中用于孤儿专项救助资金1592万余元，已使用资金1456万元，共资助汶川地震灾区孤儿3658人。

◎ 不一样的孤儿（孤儿助养项目部主管 邱金燕）

我是2008年6月份到基金会的，那时救灾项目已经启动了。我主要负责孤儿项目的实施管理，所以说，我当时面临的任务就是要用最短的时间找到那些在地震中失去亲人的孩子们。地震后很多善款都集中在我们这里，钱没有发下去，就意味着孩子们还生活在贫困中，那么我们就会更加焦急，寻找失散的孩子们就是当务之急。

我在灾区上岗的第一天就是找孩子。做公益事业这么多年来，那是第一次感觉到自己肩上的责任是那么重。孩子是在父母的羽翼下长大的，顷刻间家毁了，父母没了，这样的双重打击对于一个孩子来说是多么残酷。是不是他们这个时候还流浪在废

⊙成绩优异的李明粟在救助款的资助下得以复学

墟上？是不是他们还没有吃饭？是不是他们还没有穿上保暖的衣裳？

在地震中失去父母的孩子会有很多人都关注，而那些在地震前就已经是孤儿的孩子却只很少有人能注意到。

在德阳的中江县，我遇到了一个8岁的小女孩，她两岁的时候父亲就

⊙彷徨的眼神

因病去世了，她母亲在她父亲去世不到半年就改嫁了。改嫁后的母亲可能是忘记了自己还有一个孩子，从此后这个女孩就再未见过把她带到这个世界的母亲，她只有跟着年迈的爷爷奶奶一起生活。

我们到她家里去看了看，那真是家徒四壁。房子在地震中裂开了三尺宽的大缝，这就是一个家，一个摇摇欲坠的房子里面住着老少三口人的家。我们当时问这个孩子，为什么还住这个房子的时候，她告诉我，因为这个是她的家。

她家的邻居是5月10号乔迁新居的，当地震来临后，那个新房一夜之间就变成了一片瓦砾。两户人家，一个新房子消失了，家没了；一个是旧房子裂开三尺宽的缝隙，但还是家！那个新房子的主人是位老爷爷，他的子女都在外地打工。刚刚花了近十万元修建的房子还没有住上24小时，老天就要把这房子收走，老爷爷说，那是天灾，谁也没有办法。可是老爷爷还有子女在，他的生活还能继续，明天也许会更好。而我们面对这个8岁的小姑娘，她的未来会怎么样？没有劳动力就意味着没有任何经济来源，没有收入他们的日常生活该如何过？难以想象的艰难。这样的孩子我们不帮她，谁又能让她依靠？这个稚嫩的肩膀又能担当什么呢？看着她爷爷奶奶佝偻的背影，我当时就想，一定要帮助这个孩子。

我回来后就把自己看到的做了一个很全面的梳理，并将相关情况向部

⊙害羞的孩子

门主任汇报，同时在领导和同事们的帮助下开始整理资料，调整救助的对象。因为我们知道地震中失去父母的孤儿会有很多人去关注，对我们而言，真正需要关注的应该是这些早就没有了父母又在地震中受到二次伤害的孩子们。而后，我们把更多的目光集中在中江、平昌等一些地方，这里孤儿众多，但对外来说却是一片空白，很少有人知道他们，很少有人关注他们。

有些捐赠人因为我们没有把钱送给那些在地震中失去父母的孤儿很不理解，会问为什么我们捐给那些非地震中失去父母的孤儿？那是因为他们没有看到这里的贫困，没有了解到他们生活的艰辛。地震中的孩子很可怜，因为一夜之间失去了父母，原来那么美好的一个家庭就没有了。但是大家有没有想过，地震之前就没有家的孩子，他们已经没有享受过父母的关爱了，在地震当中他们又经历了第二次伤害，他们唯一赖以生存的家园都没有了。你说，我们能做到视而不见吗？我想谁看到那种悲惨的状况都不会无动于衷的。

小小的年纪就失去了父母，失去了家园，面对贫穷。未来的生活中他们会不断失去。他们的眼神是空洞的，很漠然，对生活的感觉已经都麻木了。他们没有依靠，没有支持和支撑，惟有一双瘦小的手和一颗饱经孤独的心。

我们把捐助对象确定后，就将捐助款下发，目前我们已经在灾区资助了3600多名孤儿。资助款发放完成后我们还要做回访，回访的目的是要看看孩子们是否收到了捐助？会有什么变化？说到这里，我突然想起了那次回访中遇到的一件事，我以为我会忘记，但还是想起了那个眼神。

我们去做家庭回访，一个孩子看到我们后就跑开了。当时我们很不理解，觉得他很不近人情。我就询问当地的执行机构的工作人员，他们也不清楚怎么回事。他的邻居对孩子说了一句话，让我大吃一惊，"他们不是来带你走的！"可能这个孩子经历了包括他的爷爷奶奶无数次想把他送给别人，或者是因为有好心人想收养他。但是从孩子的本身来讲，他觉得他没有了父母，现在也要失去爷爷奶奶，他会觉得他永远被别人抛弃，不断地被抛弃，爷爷奶奶不要他了，所以他看到我们的时候，他当时就是嚎啕大哭，那个孩子还不到6岁。

看到这样的情景，我们觉得这些孩子不但需要我们经济上的资助，更需要的是心理上的抚慰。

◎ 野百合也有春天（志愿者 鲁芳芳）

四川达州之行，短暂的十几天的活动时间，每次活动时的家访，都有不同的感动。不同的原因，不同的家庭情况，孩子们的生活条件都很艰苦贫困，心理问题，还有很多的家庭问题，让我们都为孩子们现在的生活而深深担忧，还有考虑他们以后的生活出路又该怎样。

7月22日，我们到达县的米城乡进行家访，在达县扶贫办唐主任的带领下，我们先后到了三个孤儿家庭进行家访。其中有一户人家，留给我们最多的感动，这其中不仅仅是她们乐观地坚持着走下去，即使生活对于她们两个小姐妹来说异常的艰难，更重要的是，她们细微处的感恩之心，还有最淳朴的善良，对我们最朴实的情感。

翻过铁山，又翻过

◎瑞丽阳光基金爱心使者在给孩子送礼物

159

⊙北京的资助妈妈们和四川的受助孤儿通过大屏幕进行了一次互动交流

一座山，崎岖的蜀道，沿途的路很险，一面是悬崖，一面是山崖，开车要格外的小心，我们用了将近有两个多小时才终于到了这个山沟沟里的米城乡。车只能开到柏油路的路口，我们下车步行，刚下过雨湿滑的水稻田边的泥泞小路，山坡上用石头垒起的很滑的石阶，每走一步都要格外的小心，半个小时的下山，终于到了。

篱笆围墙，很旧的石板铺院子，上面不常走的地方长满了深绿色的苔藓，破旧的竹子房，外面堆了很多柴火。

妹妹12岁上六年级，姐姐13岁上初一，还有一位婆婆，三人相依为命。家里只有两个小姐妹，没有别的亲人了，爸爸两年前心脏病去世，妈妈从此带着弟弟离家出走就再也没有回来。

我们刚到的时候，婆婆出去割猪草了，妹妹就下地去找婆婆。姐姐在家里，我们进了她们家房子里看看，里面很黑，房顶上开了一个透光的洞，上面蒙了一层透明油纸，透进来微微的光线，屋子的地面是坑坑洼洼的土地，房子里除了可以看清灶台和一张圆桌外，其余的都看不清是什么东西了，光线太暗了。从房里出来，妹妹已经找到婆婆回来了，但是手里却多了一大束野百合，说是送给我们两个大姐姐的，唐主任说送给无私的志愿者们的花，真的很感动，当时鼻子就酸了。野百合很清新，很洁白，但也很脆弱，很容易被折断。我倒是觉得这些野百合更像这些孩子们天真，淳朴，却又容易受伤，所以我们更应该给他们更多的关爱。

家访时得知，她们家没有亲人了，婆婆已经八十多岁了，平时就只能下地干一些轻微的劳动。家里养了一头猪，每天出去割些猪草，有时两个小姐妹放假了就帮着婆婆干一些农活。政府每年给她们家孤儿补助2400元，可是这些又怎么能够？因为学校比较远，所以俩小姐妹要住校，每星期都要交50元的生活费，这样一个孩子一个月就是200元了，跟政府的补助就差得很远了。有时婆婆还要去邻家借钱，邻居知道她们家是这种情况，也就借给他们了，等俩小姐妹长大了再还。两个小姐妹学习很好，很听话，很孝顺婆婆。婆婆是越来越老了，虽然现在身体没什么毛病，但是已经八十多岁了，已经很苍老了。

家访结束了，我们要走了，明天还有活动，要带他们两个小姐妹进城，婆婆送了好久，我们一再劝婆婆快点回去不用送了，婆婆还是一直在后面看着我们走，说要是两个小姐妹不听话，就教育她们，苦命善良的婆婆。

第二天的活动结束以后，她们就要直接回去了，快要走时，妹妹就突然流泪，其实我们都是在忍着的，只是她们太小了，我们告诉她们说，明年也许还会有新一批的志愿者们来看望她们，到时她们一定有很大的变化，要长高，要好好学习，好好照顾婆婆，不管遇到什么困难，你们小姐妹一定要挺过去，以后如果只有你们两个小姐妹了，记住还有姐姐们在牵挂着你们，还有好多好心人在关心着你们，你们一定要坚强。送他们上车，招手说再见的时候，妹妹没有抬头，可是我们知道她又哭了，只是不敢让我们看到她哭，我们也很难受。真的希望他们以后的每一天都能像今天一样快乐，就像路边的百合花在盛夏绽放出美丽的花瓣一样……

野百合花被我们带回来，做成了书签，至今闻起来还有淡淡的芳香。每次看到这些，都会想起，那大巴山里的两朵野百合是否依旧快乐，是否依然坚强，是否会在经历过无数个寒冬以后，在下一个盛夏，又能健康、快乐、幸福的开放？唯有深深的祝福，祝福每一位百合花般清新的孩子们永远幸福、快乐、坚强！

【社会组织"5·12"论坛暨公益项目交流展示会】

　　2009年8月12~14日，"社会组织5·12行动论坛暨公益项目交流展示会"在北京成功举行。论坛暨展示会由中国扶贫基金会、南都公益基金会和中国社会组织促进会联合发起并由21家知名社会组织共同主办。来自全国各地的150余家社会组织、80余家企业、50余位专家学者、10余家国际机构和近百家媒体的代表出席了大会。活动得到了民政部和国务院扶贫办的大力支持。

　　该活动以"激情、反思、前瞻"为主题，回顾了中国社会组织在5.12汶川大地震中民间响应的情况，总结交流社会组织在地震救援中所遇到的问题、经验和教训，为其在汶川地震灾后重建活动以及中国未来的灾害救援行动提供行动指南，正式出版《多难兴邦——汶川地震见证中国公民社会的成长》、《巨灾与NGO——全球视野下的挑战与应对》等7部著作，为未来的救灾与灾后重建打下了坚实的基础。

⊙ "5·12"论坛现场

⊙ "5·12"论坛现场

⊙中国扶贫基金会段应碧会长
（后排右3）宣布论坛开幕

⊙中国扶贫基金会作为发起方和承办方
之一参与了本次活动的策划、组织、实
施，执行副会长何道峰作总结报告

⊙144家社会组织参加了公益项目交流展示会

　　上古无文字，结绳以记事。著名诗人、散文家席慕容在其诗作《结绳记事》中曰："有些心情／一如那远古的初民／绳结一个又一个的好好系起／这样／就可以独自在暗夜的洞穴里／反复触摸／回溯……"

　　2009年8月12，14日，参与救援的社会各界尤其是中国民间组织一如那远古的初民仍在"结绳"、"反复触摸"与"回溯"。

　　于是，这种"结绳"元素在大会的多种宣传品中出现。

第四部分

牢记使命 不负重托

坚持阳光、透明、专业是中国扶贫基金会提升公信力的源泉。在5·12抗震救灾及灾后重建过程，中国扶贫基金会倡导NGO采取自律行动，捐赠和赈灾的信息及时向社会公布，并主动邀请和接受独立审计机构的审计。急需物资的采购，基金会成立了联合采购办公室；灾后重建工程的招标，基金会组建了招标评审团。这些措施确保了过程的专业与透明。

财务的透明是公益组织诚信建设的根本，从5月25日起，在长达一个多月的紧急救援过程中，基金会主动邀请中瑞岳华会计师事务所对捐赠款物进行跟踪审计；从6月至11月，基金会接受了国家审计署对抗震救灾款物的全程审计。

◎ 实话实说（副秘书长 杨青海）

2008年5月11日是母亲节，我们借助这个节日做了一个加入国际元素的活动。因为与澳门乐善行合作，得到了一批捐赠物资，几内亚比绍总统的女儿代表母亲来接受这批捐赠，大使馆也参加了这次活动。5月12日，我们在钓鱼台举行三方签字仪式，签订了三年合作备忘录后结束活动。送乐善行一行人员到他们下榻的酒店时，已经是下午两点多，然后我开车回基金会。

这时电话响起来，是我儿子，他告诉我说地震了。我问哪里地震了，他说他在楼上感觉到了。

很快，各个媒体纷纷播报了四川汶川发生强烈地震的消息。

　　早在2002年的时候，我们基金会就设立了专门的救灾部门，并建立了完善的管理机制，所以我们能在第一时间快速做出反应。

　　当天晚上，我们就起草了抗震救灾联合倡议书，发在新浪网上。最初我们不知道地震灾害有多严重，只是秘书处召集了会议，按部就班分配常规工作，各负其责。常务副秘书长刘文奎去一线做灾情调研，我负责此次捐赠活动的工作。

　　因为事先我们各个部门都有分工，所以，对于捐赠的物资及捐款都有专门的人员对接。

　　一开始的捐款还不是很多，基金会的工作人员自己就能应对，但后来随着媒体对灾情的不断播报，人们对灾区的了解越来越多，捐款捐物的人也就多了起来。百姓、名人、企业的捐赠如雪片似的飞来。有亲自来基金会的，有通过银行汇款的，有电话通知的。办公室、楼道里都挤满了来现场捐赠的人。我们请来了中国银行的工作人员帮忙，开放了会议室和凡是能对外开放的办公室，接受捐赠。

　　就在我们忙着接受捐赠的时候，一些媒体开始关注我们的行动。他们站在各自的立场、角度发出不同的声音。当时我印象很深的就是他们最关注的两个问题：一个是他们怀疑我们的公信力，是不是能把收到的捐赠都能如数发放到灾民手里；二是为什么要收管理费？我告诉他们说，我们有健全的管理机制，对于捐赠的物资和捐款都有专人监督和管理，财务有明细，工作有记录。对于收费的问题，也是国家政策法律允许的。我们没有行政拨款，平时支出都是靠我们收取10%的管理费用来支撑。一是为了我们的整个团队的基本生存，二是送往灾区的运输费用等。综合起来算，我们收费并不高，是审计部门预算后得出的收费标准。通常我们的收费比例都在5%以下，2008年的时

⊙杨青海副秘书长做客新浪网谈善款使用

候只占3.5%左右。

当时恰好央视四套《实话实说》栏目要做一期这样的话题，主持人和晶邀请我一定来参加这期有针对性的节目，同时还邀请了中国红十字会。因为能面对全国的观众传播我们慈善事业的理念，是好事，我就去了。

在节目里，我们各自介绍了机构如何应对灾害和一些具体的措施，中国红十字会介绍了他们的经验。我听到他们的说明后，就发现了他们与我们还是有一些不同的地方。比如：我们不是层层下拨捐赠，而是亲力亲为。捐款的去向、物资的发放去向等都有明细，财务有记录，工作有记录，捐赠的款项用途有记录。

记得当时歌星韩红也在场，她说："你是中国扶贫基金会的？我可找到你们了，我一定要跟你们合作。"她告诉我说，他们收到的捐赠物很多也很杂，堆得跟小山似的，都没有详细的登记。我就告诉她要按照我们的要求做，要不然我们没法估算捐赠的价值，就不能对外公布，就做不到让全社会监督我们。韩红很爽快地说："行，我捐现金。"后来一些明星，包括陈道明委托人前来捐款，许戈辉是亲自送来了9万元现金。

在工作中我们要面对各种媒体，多种声音。中央人民广播电台的一个栏目就应广大听众的要求，请我们做了关于救灾过程中基金会的职能是什么，都做了哪些工作，我们做了详尽的解释。

在救灾过程中，我们做了两次重要的新闻发布会，第一次发布会上，主要是公布了我们收到的捐赠和捐款去向，以及资金的使用情况，包括我们对尚未使用的捐款使用意向；第二次的发布会主要是说明捐赠物资发放的情况、统计数字、捐款的实际用途和捐赠人的捐赠明细，还做了一个很翔实的统计表发给大家。当时我记得这个表一发放，凡是与会人员都信服了，在繁忙的工作中还能够这样清晰地统计是很不容易了。

虽然我们忙得不可开交，但也是井然有序，因为我们有成形的机制，有成熟的团队，也有很多志愿者不断地加入进来。

我们每天下午5点后都要统计出所收到的捐款和物资，然后通过新浪网向社会公开发布真实信息；每天结束工作后都要召开部门领导会议，交换信息，协调工作中出现的问题，有针对性地布置应急工作。比如灾区临时需要的缺口我们就会有专人应对，专门有人收集前方发来的信息，采购、送达、接待、监督等都有专人专管。

在接受捐赠时，一些个人或企业要求自己的捐赠专款要专用，这样的问题就需要我们耐心地解释，告诉他们灾区需要什么，我们就采购什么，急灾民所急，为灾民所用是我们的责任。记得我们在重庆采购的时候，就遇到过一些趁火打劫、发国难财的商贩。我们每次采购都是事先有预算，对市场都有基本的了解。我们要求不能高于市场价的报价，比如对所需粮食的品牌都有要求，确定购买后，按双方签订的委托合同采购。最让我们欣慰的是原来的运输需要一周以上的时间才能送到，而我们所需的物资都能在最短时间内送到灾区。

救灾物资弄丢了

在灾区，运送物资是个很大的问题，这是我们始料未及的事。有航空运送，有铁路运送，有公路运送，各种运输手段都用上了。但铁路时有中

⊙2008年6月，基金会志愿者张焱和瑞华会计师事务所工作人员王岩在北川仓库验收物资发放记录

⊙北川福利院衣服发放现场

断，运力不足，公路运输更是紧张。在这种情况下，我们主动跟国家应急办联络，请他们能帮助我们共渡难关。国家应急办在很短的时间内就做了回应，并把命令下达到了铁道部，为我们能及时把物资运送到灾区一路开了绿灯。

后来，随着捐赠物资的不断增加，全国各地的捐赠从四面八方汇集到我们这里，我们也显出了运力不足。于是就与有些企业商谈，让他们最好是自己能把救灾物资运送到灾区，然后我们接应、登记，再做分发。

记得当时有个国际运输公司叫TNT，他们不仅捐赠了物资，还在我们运输最紧张的情况下免费为灾区运送物资。相当一部分的物资来源于北京，很多都是他们帮助运输的。对于灾区急需的药品、生活用品以及其他的急救物，我们跟民航联系后，得知每天有一架运送13吨的运输机，让我们搭载货物，这一下可帮我们解决了大问题。

这个中间也发生了一个小插曲，我们通过航空运输的价值6万多元的物资丢了。通常是这边发货过去后，那边就有人签收。因为机场相同的货物也多，就让人弄错拉走了。我们找到机场的货运处，但他们也无能为力，说一天几百个架次的接收物资，没有办法找，都是救灾办这样的机构把这些物资拉走的。类似的这样小插曲有不少，也出现过一些差错，但我们都能以大局为重，在短时间内解决好。

那段日子里，我们基本上没有上下班的时间观念，工作需要就必须在岗，每天工作都是在十四五个小时以上。只要在岗位上，头脑里紧绷的一根弦就是救灾，就是全身心投入到为灾民服务中去。

当时为了能筹集到更多的善款，基金会组织策划了两次大型的公益活动，是由我们负责宣传的副秘书长组织的，中央电视台也加入了此次活动。

我们当时一共收到了3亿1000多万元的捐款，笔笔都要有明晰的记录，对各项支出财务都要有详尽的记载。我们要深入调查灾区情况，充分了解灾民所需，合理支配这些善款。

记得当时卧龙自然保护区的人找我们来，说把这个卧龙自然保护区关注一下，我说没问题，后来我们会长也知道了，他说没问题，就给他签订了一个合作备忘录。

签署了备忘录后，我们还要实地考察论证，一定是合理的支出才能对捐款的人有个交代。这件事后来搁浅了，原因很多，我们也是经过反复考察后才决定放弃这件事的，所签订的合同也同时作废。

在灾区做调研也是件很让人头痛的事。因为牵涉资金投入，所以之前的深入调查研究是很有必要的。很多人都去大家都关注的焦点，而我就带着自己的团队去那些受灾情况严重、关注的人少的地方去做调研。第一批我们选中的中江县，还有德阳下属的一个县等四五个县，我们投入了1000多万元重建了111个乡村卫生所、1个乡卫生院的住院楼。

在这次的重建过程中，我们对发现的一些问题做了及时纠正，对建筑招标严格把关，对建筑质量也是要求甚严，不厌其烦地对比、对价、核实，争取把收到的善款都用在最能解决灾民困难的地方。

◎ 三四万笔的票据 （计划财务部主任 李红梅）

对于这段时间的工作感触挺深的，虽然我没有经历过战争，但是那个感觉真的是像打仗。基金会里要求我们的手机必须24小时开机，随时都要接受新任务。有时晚上刚刚到家，就有电话打进来说有物资需紧急采购，第二天要拨款，这样紧急的事时有发生。但无论多累我们都不能乱了阵脚，还是要把关采购的清单，如果有合同的话还是要。虽然急，急事可以

⊙这辈子再也不想数钱了

急着办，我抓紧一切时间，我不吃不睡都可以，但有些必要的手续还是要有的，不能因为着急就忽视了采购制度。遇到这样的情况，我们就没有上下班的时间，常常是人还没到，那份采购清单已经躺在办公桌上静静地等待着。

采购多少东西、车号、多少车，大概需要多少费用，我这边要汇现金，怎么汇款等；出纳主要是看现金这块，其他的所有费用报销也好，在启动这个项目开始，我们全部的活动都停掉了。

5·12汶川地震救援响应行动是一次大规模的行动，所以我们也很谨慎。5月12日那个周末，秘书长跟我说需要审计，然后我们就跟审计事务所联系。5月底我就带着审计事务所的人做完了整个现场的审计，然后赶往灾区。因为有完善的管理机制，有规范的操作流程，所以，我对大家说，审计来了就让他们在现场看，满足他们的要求。

毕马威是最早给我们做资源评估的，给了我们非常大的帮助。他们派来的人都是财会专业，对一些常规性的问题很了解，跟一般的没有经过职业培训的人有很大区别。后来德勤也派志愿者过来，这两个所我都谈过审计的事情，并且跟德勤谈得比较深。因为毕马威介入早，所以我们到了项目实施阶段，他们就配合我们做志愿工作，还调动了四川分所的同事加入我们。他们对我说，希望给我们做监测，好好配合我们的工作，做好我们的监测人。

跟德勤的高级经理商谈得也很愉快，当时我们还有顾虑是否可以请他来我们现场，他们二话没说，很快就来了，也没说价钱。德勤主要是因为希望成为我们的捐赠者，因而对独立性有影响，因此转而为我会提供志愿者支持，并通过我会向受灾地区提供资金捐赠帮助。

我感触很深的是，在那个非常的时期，我们给任何一家单位打求助电话的时候，没有人跟我们提条件，都是尽自己的最大力量来帮助我们。

还记得我们当时跟中国银行发出请求，要他们派人来帮我们。因为他们不能马上来人，所以行长亲自来我们这里帮忙。

中瑞岳华会计师事务所的审计很严格的，他们有一整套的审计手段来审计企事业单位的财务状况。但他们来到我们工作的现场，对我们的银行数据、邮局汇款等与财务相关的事项、流程、资料都从审计角度查看了一遍，满意地说："你们自检得很好，没想到你们能在这么繁忙的时候，还能把这么庞大的数据整理得一清二楚。"会里的领导很重视我们的财务工作，在工作中对我们的要求也很严格。我们在晚会和拍卖现场收到的捐款，都要一一核对，每个环节都很严谨。后来审计的人在现场看到我们的

⊙来自毕马威、德勤会计师事务所的志愿者在整理银行资金到账情况并为捐赠人开具收据

⊙繁忙的工作现场

工作流程后，还给我们提出了非常合理的建议。一是我们现场接收的环节。他们从审计的角度看到了问题，要求我们在清点完要做到所有在场的人员签字；二是捐赠者通过邮局的汇款单据不能只是行政登记后的简单交接，应该有双方签字的交接手续，这样才是完整的体系。

我们财务部在这次救灾过程中接受了考验，也圆满地完成了任务。后来审计署来到基金会的财务部检查工作的时候，看到我们会议室、办公桌、窗台上到处都是票据，竟然什么都没说。想想看，那时我们根本就无暇顾及一般的账务，捐赠收款的签收、核对、银行等就是一个很大的工程。我们全部的心思都用在了这里。整个赈灾的票据就达到了三四万笔。

这么庞大的数目都是经过我们一笔一笔地核对、计算。我们每个人都有一个工作记录本，每天工作前例会，布置任务、纠正问题。

让一线的人员抓狂

基金会有财务工作流程图示和相应的要求，只要按照我们制定的范本进行，就会不出差错或少出错。每个人在工作时的状态那叫集中，眼睛都是直的。

每天都面对巨大数额的捐款、票据，要核对、核实准确无误后才能上传公布，我们要求每天6点把汇总好的数据上传，银行和邮局的汇款基本上是提钱回来就开始录入信息、开票、开证书，当天的事一定要当天完成。如果没有毕马威和德勤的志愿者无私的帮助，我们真的很难说能不能撑下来。虽然最初的工作中我们也磨合了几天，后来还是能很好的配合。

基金会人员刚到灾区一线的时候，我们还没有对接好，很多事都要一事一议。会领导就指示我们应该尽快出台一个有效的管理办法，怎么去规定他的一些开出范围，因为他不涉及收款，只涉及开支，包括采购，都是能抓着看得见的东西。然后我们就开始根据具体的情况制定行之有效的方案，以尽快解决灾区救援时的采购等一系列事情。

每一次的采购，我们要求透明化。采购的商品品名、品牌、价格、数量都要清楚，这些工作做得要细致，因为我们必须对那些捐赠者有明确的交代，让他们知道自己的善款都用在哪里。我们是以简报的形式报告我们的信息，每天收到的捐款人的姓名、金额都会显示在统计表上。购买物资的发放具体地点也会显示在简报中。但同时我们也会注意保密一些不愿意发布自己信息的人的工作，每个环节都是很细致的。

在收捐款的同时，支付也是很重要。这块是一线负责人制，当时一线负责人是刘文奎常务副秘书长，他跟王行最秘书长之间直接有个沟通，他签字确认的款项我们可以支付，当然要有一些财务的手续。票什么时候来，合同办理的进展，可直接追到经办人。经办人到底手里现在有什么样的东西，货到哪儿了，在那个阶段很多时候打不通电话，打不通电话的时候很紧张，怕出事。

后来我们的一线工作团队有了固定的办公室，但都有时候电话也打不通，一问，刚才有余震了。经常会遇到一

⊙繁忙的财务工作

175

些突如其来的情况。

5月底的时候，我带着审计人员下去检查工作的时候，第一时间看到的就是一些物资收发的记录、合同。那个时候感觉特别尴尬的就是，以往我们要求物资支出手续比一般的机构严格，我们接受物资，捐出去的话要有捐赠协议，对方接收要给我开据真实的票据，然后我要有一张清单，里面物品的名称、价值、规格型号数量都要对得上的。但由于在那个环境下，我们发现那种严格的要求达不到，那个时候就是白条，很多都是，尤其是重灾区。后来，我去了四川之后我觉得我们那边工作的同志也都特抓狂，第二天第三天都把他们惹得差不多了。

审计署很满意

我个人觉得通过那次的救灾，公众包括社会开始对我们这种机构有收取管理费的概念了，之前可能更多的听到是没有费用，或者说因为政府做，肯定不存在这个问题。包括他们的意识中，你就不应该收。当他们了解到我们所收取的管理费是用于正常我们的费用支出的时候，这个问题也就迎刃而解了。

所以说，每当我们接受审计和监督的时候，我们都能很坦然地面对，因为接受行业监督和审计是很正常的事，应该是这样，监督和审计要严格，包括对我们行业，这样才不会鱼龙混杂，甚至有些人觉得弄个基金会很好，是挣钱的，因为你不用产品，哗哗来钱，其实真实的情况并非如此。

我们每年的审计报告都要专项披露，而且这几年会计师事务所和审计署他们一直在跟踪。因为我们当时在新闻发布会也好，包括

⊙填写捐赠荣誉证书

我们自己对外的公示里面，第一个捐款是要专款专用，专项去反映它的收支节余的情况；第二个是10%的管理费疑问，我们每一笔都会列很清楚的条目，如果有结余是会返到项目的资金上去，一定会给每个捐赠人一个非常清晰的账目和非常真实的交代的。

⊙填写捐赠票据和证书

我们一直提倡NGO组织自律，也是最早设立自查自检自律的，可以说我们也是发起人之一。

我们整个的收入都有一个完整的报告，在报告上我们详尽表述了每一步流程，这个流程哪个环节出现了什么样的问题，我们怎么去应对的，包括日常的工作记录、表单。

对于支付这块，我们更是有详细的账目明细。资金流向、采购明细、项目说明等，有一套很完善的支付体系。

做财务工作需要有很理性的思维，同时也需要有感性的为人方式。虽然我们见到了许多感人的事迹，但我们不能沉湎其中，只是稍作停顿后就要整理好自己的情绪，后面还有一大堆的数字在等着我们。

我们没有那么多的时间去传播基金会所做公益事业的美好蓝图，但来我们这的每一个工作人员、每一个志愿者、每一个捐赠人都会是我们的传播者。因为我们用行动感染着他们，我们用真诚影响着他们。在他们走近我们的时候，他们会在工作中了解慈善工作的重要性和责任感；在他们离去的时候，他们会把我们日常点点滴滴在工作中所做的，看到的，听到的，感悟到的带出去，他们会从一个观看者成为捐助者，他们会带动一批人。这样，我们的事业就会在无形中散开，会触及到社会的每一个角落。

没有一帆风顺的事。尤其是面对那些喜欢讲条件，喜欢理论的人，我们没有更多的时间去解释。当我们遇到一些人对我们工作不理解的时候，最好的解决途径就是自己做，让榜样的力量去征服。这个过程非常锻炼人，要有耐心，有毅力，"忙而不乱，急中有序"。

记得在重建刚刚开工的时候，我们就经历了一个特别大的压力。在统计过程中，票据会陆续回到财务，捐助现场还要有人盯着，各个部门的费用支出、采购一股脑地集中在财务。那时基本上是一个核算，再配一个出纳。其余的人员都是一个人顾及几个部门，只要走进办公室就像上了发条的闹钟不停地干。从财务支出去的钱，回来的票据要完全吻合。

由于我们有成型的管理秩序，所以像收发捐赠物资手续都有固定的格式文本，条目很详细，要求很严格，在每一个环节都做了明文规定。但在这次的救助时却时有变化，有时候时间不允许来回请示报告。怎么办？对下面的工作状况还不了解。于是我就带着审计去了一趟德阳，在现场查看，具体问题具体分析。在德阳市政府后院的车棚办公室里，我们就对现有的问题进行解析。除了基本要求要做到，其他的细枝末节可以补充，大的环节不能少，比如物流管理、仓库管理、重建管理，各负其责，出入库的对接签字，现场负责人的签字，都要写清楚。同时审计也给了我们很好的建议，比如发放的帐篷的后期管理，非一次性用品的回收问题等。

◎ 怎样保证我们的工作质量 （资讯监测研究部处长 石克明）

先介绍一下我们监测部的工作。不是这个"圈子"里的人，也许没有人会想到中国扶贫基金会还设有一个监测部。我们扶贫基金会有好几个常规的、品牌性质的项目，比如小额信贷项目、母婴平安项目、新长城项目等等。监测部是一个基金会内部的"纠错"系统，每年都要对项目进行抽样监测。就是按照项目的工作目标、设计思路和操作流程等等，到项目点儿去，跟当地的工作人员沟通，查看项目资料，还要走访受助农户，来实地考察我们项目的管理、操作和实际效果。然后要根据监测所得到的数据和看到的、听到的项目情况，进行分析和小结，向基金会秘书处提交监测报告，还要和项目部门进行沟通，提出我们监测部对项目管理的建议。

刚才我说的是我们监测部在常态情况下的工作。但是，如果发生像5·12汶川地震救援那样的突发事件，监测工作面对的情况就要复杂得多：第一是救灾物资发放的范围广，救援物资的发放涉及5个地市（州）的23个县（市、单位）；第二是

⊙在江油市扶贫办了解物资分发情况

发放周期长，我们扶贫基金会从5月15日开始向灾区发放物资，连续发放了20多天还没有结束；第三是物资的种类多，发放的物资包括户外用品、衣被、妇婴用品、医药、设备共六大类近50种，且价值相差悬殊；第四是发放的渠道杂，对救灾物资的发放，各地有不同的规定，参与发放的部门包括扶贫办、民政局、卫生局、妇联、工商局、农委和乡镇抗震救灾指挥部物资接收组等等；第五是受关注程度高，社会公众和媒体关心灾民的生活，关注灾区的重建，盼望善款、善物尽快发往灾区，发到灾民手中。因此，救灾资金的流向和救灾物资的发放情况，已经成为社会关注的热点。

地震发生后，我们扶贫基金会在5月14日就派人到达灾区了，很快就组建了抗震救灾办公室，就在德阳市政府大院的车库（有简易的顶棚）里支起桌子就开始工作了，吃、住都在那儿。当时，抗震救灾办公室是在余震不断、露天办公、夜宿帐篷、蚊虫叮咬等恶劣的条件下和陌生的环境中开展工作的。我刚开始是在总部做信息收集之类的工作，大概是5月27日到的灾区。

当时，每天都有十几车、二十几车的救灾物资送到，不可能当天都发下去。我们找了一个仓库临时存放还来不及发放的物资。安排了专人负责库存物资的管理，还专门请了两个当地女干部来协助我们管理库房。我刚到的时候，因为物资发放的量还不太多，一开始我们没有搞监测。而是从

179

众人的力量 ——中国扶贫基金会汶川地震救灾纪实

⊙2008年6月6日，监测小组和瑞华会计师事务所王瑞金正在 旌阳区双东镇与村干部核对物资发放表

接收物资开始，对到达的物资要登记、分类、分发。关键是做好记录，为下一步的救援物资发放情况监测做准备。

到了6月6日，我们扶贫基金会已经发放了价值近9200万元的救灾物资。我们即组织了监测小组，开始了对扶贫基金会救灾物资发放情况的实地监测。监测小组成员有5人：中国扶贫基金会石克明、张岩；中瑞岳华会计师事务所王瑞金、李岩；德阳市林业局宋军。

对救灾物资发放的监测的核心内容是，救灾物资是否发放到急需这些物资的灾民手里。为了顺利完成监测工作：

首先，制定了监测基本程序。第一，根据物资分配表，联系接受物资的单位；其次，找到提货人，知晓物资发放的具体单位或地点；第三，到具体发放单位，取得灾民领取物资花名册，并进行访谈了解发放情况；第四，走访接受物资灾民，看实物并拍照；第五，对灾民访谈，填写灾民访谈表；第六，对实在找不到去向的物资，因时间关系，我们难以追踪到地，只好请当地部门出具说明。

其次，监测地的选择。选择受灾严重，影响较大和接受物资较多的灾区。我们初步选择北川县、江油市、青川县、广元市、阿坝州（含汶川县）、什邡市、绵竹市、罗江县和旌阳区。这些地区，都是重灾区，接受我们扶贫基金会救灾物资价值占75.3%，能够满足我们监测比例达到60%以上。

从6月6日到11日，我们监测小组分为两路，深入旌阳区、罗江县、绵竹市、江油县、北川县、安县、剑阁县、什邡市、省卫生厅和阿坝州驻成都办事处等十个县（市、单位），对56批价值4419.22万元物资的流向和发放情况，进行了监测，监测覆盖率占（除食品类外）物资价值的63.96%。在监测到的56批物资中，有53批物资都发到了灾民手中，物资批次到位率为94.6%；以物资的价值计算（6798.74万元/6909.63万元），到位率为98.40%。

明确没有发放的有三批（部分被子、睡袋和服装）：一是放在德阳市旌阳区仓库的100床被子（价值9.9万元），发放了一部分。地方分配组以天气已热，灾民住帐篷没处放为由，想放到秋后再发。二是德阳市罗江县36箱睡袋（价值0.86万元），也发了一部分，其余的放在该县民政局，未发的理由也是天气已热。三是广元市青川县139箱运动服饰（价值100.13万元），已分到乡镇，在关庄镇因为断路没有发放。对未发放的物资，我们都责成其尽快发放，他们也做了承诺。

有一些物资，因为救灾初期地方部门在接收和发放物资方面，没有详尽的记录和统计，使我们没有见到有灾民签字的发放明细，但都有明确的指向。只是因时间或道路阻断等，我们没有跟踪到村里而已。另外，在灾区公众和媒体监督无处不在。据当地的干部说，他们

⊙德阳仓库食用油

对救灾物资的管理和发放是"小心翼翼，怕在关键时期犯错误"。

其实，在地方发放物资时，还是有差错的。罗江县接受了我们一批捐赠物资，当时县里规定统一由县民政局接收、分配。民政局就把这批物资发到了县的卫生局，县卫生局就误认为这些东西是红十字会的，所以它他们就以红十字会的名义发下去了。我们到卫生局监测时，看到了他们发

放物资时的照片，横幅写着"感谢中国红十字会"，我就指着自己身上穿的是印有中国扶贫基金会LOGO的T恤对卫生局那个干部说："您仔细看看，我是哪里的？"

◎ **真的，酒量是练上去了**（资讯监测研究部主任助理　段俊英）

5·12地震后，我们基金会每个人都有更为细致的责任分工，我和我的一位同事负责网站的维护。一是向社会报告我们基金会在汶川前线的救援工作进展；二是要把社会各界向基金会的捐赠信息统计整理报告社会，三是将发生在基金会捐赠现场、捐赠人身上的一些故事，都要在第一时间记录整理出来，配上图片发布出去。此外，还有一些其他的工作需要去做，比如撰写一些工作报告、工作纪要之类的工作。

⊙筹资及赈灾工作进展通报（第1号）

现在回想起那段时间的工作状态，觉得自己很像一个一直在高速旋转的陀螺——只是不用人抽就让自己不断地转。经常是从早上9点转到晚上11或12点。由于要在尽可能短的时间内统计、整理、撰稿、发布大量信息及文字，所以，劳动强度很大。那个时候，我们会与好多临时志愿者一起工作。由于是新手，常常觉得自己在同一些"脑子很笨的人"一起工作。但到后来，大概半个多月后，我就对他们说："很抱歉，现在你们不得不同我这个脑子很笨的人一起工作了。"真的，那个时候，不仅身体感到处于极限，连脑子也像是到了极限，平日要求的敏捷思维不知到哪里去了。

几乎是每天要到十一二点，拖着疲惫的身体回家，但躺在床上脑子里依然是白天的工作——那些数据、文稿、信息等不断地无意识地闪过，无法入睡。

如此下去，怎么得了？于是想到喝酒让自己的神经松弛。

也许脑子太过兴奋了，喝的量一天天加多，到后来竟然多半瓶也不管用了。真的，酒量是练上去了。

妈妈，捐款有回扣吗？

那年，儿子正临高考。为了让儿子有更多的时间学习，我们在清华附中附近租的房子，本来我工作之后的任务是陪读，但自从震后救援行动开始，我就只能对儿子说，你就自己照顾自己吧。

常常是推开房门就会看见趴在床上的儿子向我递来令我说不清的目光。只有等我聊上几句后，儿子才睡。有好多次，儿子会递给我一二百元钱，说是他们的同学捐的钱让我转交。我知道当时学校也

⊙小学生小心翼翼的把积攒的硬币放入捐款箱

在组织捐款，问："为什么不捐到学校去？"儿子回答说："学校已经捐过了，同学还想再捐一些，只是高考时节拿不出时间到基金会捐款。"由于捐给基金会的钱要为捐赠人既开收据并给捐赠证书，中间不会有什么说道，我也就只能乐于帮忙了。同时，也觉得，这也是儿子及他的同学以另

外的一种方式参与对这场重大灾难的救助工作。

后来有一天，儿子对我说："妈妈，虽然我们是中学生，但现在的中学生远没有你们那个时候单纯。有些同学会想捐款中间有回扣，是吗？"我一听，问题似乎有些"严重"。我说："我们从中不会拿一分钱。"但是，这也提醒我们好事必须办好，我告诉儿子，只有同学主动让你帮忙才行，不准广而告之，更不能有募款行为。

那一年，我从儿子手中接过的捐赠款大约有两千多块，款额虽然不多，但孩子们能在高考的重压下主动做些什么，我还是很感动的。

6月初的时候，大概是七八号吧，具体时间我都记不清了，儿子高考，我对丈夫和儿子说："现在我觉得可以请两天假陪考了。"丈夫和儿子说："我们俩已经把你排除在外了。"

我可能是一个完美主义者

汶川地震后，全社会都在关注着公益机构的公信力，会关注我们基金会的在一线的救援与重建情况，关注信息的透明，公众及捐赠人会从我们网站发布的信息中观察、评估基金会的工作。有的捐赠人还会在网上发布他们对基金会的评估及感受。可以说，在一定程度上，我的工作或多或少会影响到他们对基金会的评价。

我们在这方面的工作必须做得很细。比如每天都要公开当日的捐赠记录，不仅有总额统计数据，还要有捐赠名细。而这些信息需要从几个渠道汇集：有从亲自登门基金会现场捐赠的渠道，有从银行汇款的汇款单据而来，有从网上的捐赠渠道而来等等。有的捐赠人要求不公开自己的信息，所以，我

⊙认真填写捐款登记表

们还需要注意保守对方的信息。我们要求自己不能出现差错，漏报一个捐赠人会觉得对不起他的爱心及对我们的信任，而把一个要求不可公开披露的捐赠信息发布出去，也会让捐赠人觉得我们基金会言而无信。这份工作，不仅要求快速，还要求精细。可以说，我这个不断旋转的陀螺还不能将自己转晕，这的确需要极大的克制力。

⊙正在现场埋头清点孩子们捐来的零钱

细节决定成败，基金会就是凭借着对诸如此类细节的重视与把握，做出了自己的一些

⊙伴随捐款来的：365颗幸运星以及1300只千纸鹤

成绩。当然，差错终会有，那是多种因素复合而成的一种概率。但你绝不能从思想意识上放松，更不能放任。

我依然记得那些前来捐赠的大叔大妈，拿着自己的退休工资，从大老远的地方来到基金会捐款的情景，从他们的外貌及穿着打扮就能感觉到他们平日的节俭，他们过去岁月的艰辛。他们从兜里掏出来的钱每一张都是那么整齐，当那双布满沧桑的手递上来的时候，你会觉得接到的不仅仅是捐款，而是一颗颗充满热度的心。还有那些抱着孩子捐款的年轻父母，那些在中午休息时来捐款的年轻人，那些与学生们一起来捐款的老师，那些一堆堆的硬币，虽然数这些钱很辛苦，但那都是一颗颗热的心与对我们无条件的信任。

气温不到26℃时基金会是不能开空调的，那时基金会的办公条件还不像现在这样宽敞。由于需要许多志愿者的加入，所以，我们与很多志愿者是工作在一个"人满为患"的环境中的。热与不想吃饭，是我对那个时候的一种很强的记忆。于是，常常是中午吃饭时，虽然肚子很饿，也不想吃盒饭，最想吃的就是一大碗冰。

要保证高品质的工作总不能不吃饭。我必须学会让自己有充沛的体力。后来我就慢慢给自己定了一套很有效的食谱：早晨自己先吃一顿饱饱的早餐，喝一杯咖啡，然后中午和晚饭就是凑合也能让自己精神一天。

⊙加班清点

当然，有时也觉得自己快要倒下去了。但总觉得这个时候，我不能缩下来。心想，只有哪一天倒下去了，我才能有理由说我干不了啦。

我不知道自己是一种什么类型的人，但我知道，我可能是一个完美主义者——就是想把工作做得尽善尽美。或者说，到了一个什么时刻，你不能缩下来。我也会告诉自己，你总比那些经历灾难的人要好许多，你必须为他们的苦难、为捐赠人的热心与信任做些什么。我也会想当有一天我回首往事的时候，想到自己在那个重大灾难来临时做了一些什么？还是希望留下的不是一种阴暗的东西与感受。

来基金会将近7年，在这个行业工作，你会有一种在世俗生活中，在其他商业活动中没有的一种经历。你会更多地接触一些人的苦难，接触一些可爱人群的热血。这个行业从客观上会让你的生活更多一些光明的感受，而世俗的人或多或少是需要这种光明感受的。

第五部分

那些熟悉的身影

众人的力量 ——中国扶贫基金会汶川地震救灾纪实

地震发生后，中国扶贫基金会努力为社会公众搭建一个参与、奉献的平台，无数的平凡百姓、明星名人、商界精英、行业领袖纷纷走上这个舞台，为灾区人民呐喊、奔走乃至慷慨解囊，那些冲在台前的，留下爱心不留名的，无数善良的人让我们感动……

◎ 5·12青少年关爱——明星义工行动

在汶川大地震的灾害中，灾区许多孩子失去了家园，失去了亲人，为了让孩子们尽快恢复自信，消除心理阴影，2008年5月下旬到6月上旬，在灾区学校陆续复课之即，基金会组织了"5·12青少年关爱——明星义工行动"，濮存昕、林志颖、郭蓉、王宝强、韦唯、赵毅等众多文体明星，经过特殊的心理辅导培训后，前往都江堰、绵竹、什邡等重灾区看望灾区学生，利用明星效应，帮助这里的孩子们重建信心。

地震后，中国扶贫基金会成立了"5·12青少年关爱基金——明星义工行动"，5月25日，濮存昕、林志颖、王宝强、韦唯等6位明星义工到达四川地震灾区，给孩子们开展心理辅导。昨日，林志颖、韦唯等人在北川中学幸存学生李沙的带领下，集体在北川中学为遇难的孩子们默哀。

幸存学生泪流满面

昨日中午，中国扶贫基金会一行到达北川县，他们中包括明星义工、心理学专家和青年志愿者。这里面有一位名叫李沙的姑娘，是北川中学地震中幸存学生。她现在是县团委的志愿者，负责带领中国扶贫基金会一行。

在介绍过程中，李沙几次悲痛难忍，背过身去轻轻抽泣，在返回途中，她终于忍不住了，号啕大哭。一位志愿者说，一路上，心理

⊙众志成城，抗震救灾众明星赴灾区前互相加油

学家都在安慰她，帮她排解了心中压抑很久的感情，"哭在这个时候是一种发泄。"

废墟前默哀一分钟

下午，中国扶贫基金会一行进入北川中学，在废墟前面，明星义工和所有志愿者站在一起，记者们停止拍照和采访，集体为遇难的学生默哀一分钟。寂静的一分钟里，只能听见有人小声的哭泣。

教孩子"不抛弃不放弃"

据了解，进入灾区之前，这些明星义工在成都接受了10位心理专家的专业培训。

林志颖说，5月12日大地震时，他在台湾也曾受到地震的影响。他希望灾区的孩子们不要放弃，不要气馁，"我们也将一直伴随在你们身边。"

已经是三个孩子母亲的韦唯站在警戒线前接受记者采访，她希望此行能够帮助孩子们减轻压力。她还透露，将在都江堰建一所希望小学。

濮存昕和王宝强昨日虽然没有到达北川，但也参加了前两天的活动。在都江堰聚源小学，濮存昕告诉孩子们："大家一定能够战胜困难，闯过难关。"王宝强则用《士兵突击》中的话勉励同学们："不抛弃，不放弃，好好的活下去。"

谢霆锋：电话鼓励幸存小朋友

"小妹妹，我是谢霆锋！"昨日，华西医大病床，一个名叫黄思雨的

女孩接到了谢霆锋的电话。黄思雨在废墟中断腿自救。昨天上午，香港演艺协会来到华西医大探访地震中受伤的小朋友，黄思雨说最喜欢谢霆锋，演艺协会工作人员联系到谢霆锋的助理。

昨日下午，谢霆锋给黄思雨打来电话说："小妹妹，哥哥以前也骨折过，知道很痛，也知道你很坚强。你再坚持一下，都会好起来的。"通话的近10分钟时间里，思雨一直维持着难得的笑容。谢霆锋还答应思雨有时间一定会来病房看她。之后，谢霆锋又陆续和病房里其他三个小朋友通了话。

刘晓庆：要资助灾区学生

"我很想为家乡做点具体的事！"昨日下午，刘晓庆和齐豫、李霞、刘伟等人前往成都医学院探访漩口中学学生，和孩子们一起打羽毛球、跳绳、谈心，送去卡通收音机、手电筒等。

刘晓庆用地道的四川话和学生们摆起了龙门阵。她还鼓励灾区学生"一定要雄起！"刘晓庆表示，她希望资助灾区贫困学生念书，直到他们上完大学。

齐豫和孩子们一起唱了《橄榄树》。她透露，这次齐秦因为临时有事没有一起来，但她以后会和弟弟一起再到灾区探访。

今明两日，刘晓庆一行还将赴绵竹等灾区探访学生。

翁虹夫妇：灾区送蛋糕

昨日，翁虹夫妇、付笛声夫妇、周彦宏、文章、阿宝组成的"中国儿童紧急救助行动"特别行动小组，前往彭州通济镇和小渔洞镇看望那里的学生和家长。他们除了送上零食和玩具，还专门带来了蛋糕，预祝孩子们儿童节快乐。翁虹夫妇此行将在灾区待上近一周的时间。

此外，翁虹还发动明星妈妈团来四川灾区，给这些孩子在思想、精神上的安慰。"据悉，现在已经报名参加的明星有吴君如、袁咏仪、关咏荷，以及还不是妈妈的杨千嬅和梁咏琪。

陆毅田亮：今日赴绵竹

今日，凤凰卫视当家主持鲁豫、陆毅、田亮等多位演艺界爱心人士，将共同前往受灾严重的绵竹、德阳等地，在中华慈善总会灾民安置点参与搭建平安营，捐赠安置物资。明星们除了将带帐篷、衣物等救灾物资外，还准备了数百箱的药品、书籍、收音机等生活用品。

——摘自《重庆时报》

◎ 让灾区的孩子笑起来——六一儿童节特别节目

六一儿童节，中国扶贫基金会联合四川卫视，在《华西都市报》、四川人民广播电台等新闻媒体的支持下，在德阳举办了特别节目"圆梦2008紧急行动"和"让灾区的孩子笑起来"。韩红、濮存昕、顾长卫、蒋雯丽、李丹阳、李琼、郭蓉、纪敏佳、阳蕾、阿斯根、曾擎和"最美的火炬手"金晶等文体明星与孩子们同游戏、同歌唱，还为小朋友带来了各种礼物。来自东汽小学和金花小学等板房学校的小学生们，度过了一个充满着幸福和感激的儿童节。

⊙张时纬副总裁代表恒盛地产控股有限公司和江苏熔盛重工控股有限公司与孩子们度过了难忘的六一儿童节

◎ 韩红爱心行动

震后，中国扶贫基金会和歌星韩红共同发起了"韩红爱心救援行动"，并于2008年11月17日至18日和12月14日，冒着严冬两次来到灾区，为什邡市龙居小学、孝德中学和当地的村民送去了温暖。

⊙在典礼仪式上对龙居小学的师生表达自己衷心地关心和祝愿

参加龙居小学竣工典礼暨交付使用仪式

2010年9月20日，什邡市湔氐龙居中心小学鲜花灿烂、彩旗飞扬，一片喜庆祥和的景象。由韩红、刘德华、陈道明、陈凯歌、范冰冰、佟大为、斯琴高娃等数十位艺术家、名人以及诺基亚、柒牌、春光房地产、新浪网等众多爱心企业向中国扶贫基金会捐资1888万元，异址重建的什邡市湔氐龙居中心小学竣工暨交付典礼在新龙居小学操场隆重举行。韩红作为艺术家的代表再次来到龙居小学参加了此次竣工典礼暨交付使用仪式，并在仪式上衷心表达了对龙居小学的师生们的关心和祝愿。

⊙认真听龙居小学的老师在介绍新建的校园

◎ 为了孩子的梦想——航天英雄冬日暖阳灾区行

2008年12月19日，"为了孩子的梦想——航天英雄冬日暖阳灾区行"活动在中国扶贫基金会援建的绵竹市齐福板房中学举行。航天英雄翟志刚，英雄航天员刘伯明、景海鹏参加了此次慈善公益活动，段应碧会长授予三位航天员荣誉证书，并与航天英雄翟志刚一起向学生代表发放了过冬棉衣。

成都12月19日电（记者肖林）19日，翟志刚等3名执行"神七飞船"飞行任务的航天员前往汶川地震灾区四川绵阳、绵竹两地的学校，捐赠图书和过冬棉衣，并和灾区的孩子们交流，以帮助孩子们走出心理阴霾。

"孩子们都还好吗？"

"孩子们都还好吗？吃住和学习都还习惯吗？"刚到位于绵阳的总装备部八一帐篷小学门口，翟志刚等航天员就关切地询问。

当得知孩子们的生活、学习条件远远好于一般的乡村学校后，他们微笑着走向前来欢迎的孩子们。小朋友们身穿羌族的节日盛装，给航天员戴上了鲜艳的红领巾。

"叔叔，有没有看见外星人？" "飞船上一天有多久？" ……孩子们在教室里争相举着小手提问。

"首先要有理想，然后要锻炼身体、好好学习。" "我看到地球非常美丽、太空广袤无垠，但后面还有很多任务，所以就没有时间看有没有外星人。" 航天员们一一耐心细致地回答孩子们的问题。

"这是我奶奶绣的羌绣鞋垫、祝福吉祥的羌包，你下次到飞船上一定要穿上它。"看到叔叔们和蔼可亲，一个小男孩鼓足勇气跑到翟志刚面前说出了自己的心愿，其他同学则纷纷拉着刘伯明、景海鹏的手要签名。

我们会更坚强

"叔叔们训练特别苦，在太空中遇到两次'意外'后，还那么坚强。"听刘伯明介绍完太空漫步的经过，10岁的廖越小朋友说："刚开始余震很多我很害怕，但老师和解放军叔叔一直陪着我们。听完航天员叔叔的故事，我们今后会更坚强。"

"是我给翟志刚叔叔戴的红领巾！"原北川县曲山小学五年级的杨永易一脸兴奋："我在电视里看了太空漫步，航天员叔叔们非常勇敢，我要向他们学习。"这位10岁的小女孩告诉记者，她的腿在地震中被垮塌的房屋压住，她今后要好好学习，报答关心她的所有好心人。

"现在学生的精神状态好多了。航天员和社会各界对孩子们的关

心，是对孩子们幼小心灵最好的抚慰。"五年级三班班主任董静说，对航天员的到来，孩子们非常高兴，纷纷准备了礼物，有的准备了绣有飞船和花朵图案的羌绣，有的做了飞船模型。

天将降大任于我们

在绵竹市齐福中学，航天员们给每位孩子都带去了过冬的棉衣，并和《守望航天》的作者温飞将3000册描写航天精神的书送给孩子们。"努力学习，报效祖国""坚强自信，感恩奋进"。航天员们还给孩子们留下了励志词。

"我们真的好幸运！今天终于见到了我们的偶像！"孩子们说，航天员在艰难困境中奋力拼搏，十年如一日地艰苦训练，矢志不渝地追逐自己的梦想，是他们的榜样。

"叔叔、阿姨们，请你们相信，在你们的关心帮助下，我们正一天比一天强壮。"孝感初中16岁的学生谭帮雁说，"大地震让许多生命之花瞬间凋零。但我们没有被地震打垮，死者已逝，生者还要前行。天将降大任于我们这一代人身上！"

——摘自新华网

◎ 部分捐赠企业领导灾区关爱行动

作为有着强烈社会责任感的企业，它们不但在灾害来临之时捐款捐物，还时时刻刻关注着灾区人民生活状态。很多企业领导和员工都表达了亲自前往灾区看望灾区人民的愿望，在基金会的组织下，他们走进灾区，亲自为灾区群众送去关怀和温暖。

⊙12月，东莞市小猪班纳服饰有限公司执行董事吴辉忠、总经理谢爱民一行探望江油市云集乡石台村的灾民

⊙7月，安婕妤美容事业股份有限公司副总经理李幼峰先生赴四川绵竹土门镇考察援建的临时板房社区，并与当地受助学生打乒乓球，鼓励他们健康成长，快乐生活

⊙2009年6月，诺基亚（中国）投资有限公司与金花小学板房学校中的孩子一起渡过了一个愉快的六一儿童节

⊙中国扶贫基金会副会长江绍高(左一)、上海美国商会总裁傅丝德女士（左二）和中国西南美国商会副会长陈连京（右一）共同将民乐村老年活动中心的钥匙交付给民乐村党支部书记

⊙中国扶贫基金会常务副秘书长刘文奎与百胜餐饮集团中国事业部川渝黔滇市场总经理俞铮青(右一)共同为肯德基援建板房社区竣工铭牌揭幕

⊙2008年如新中国首席营运长Owen Messick高管一行考察绵竹

⊙利乐中国总裁李赫逊（右一）考察德阳"利乐有情，百村百站"项目

⊙2010年8月21日，精品购物指南报社常务副总编王明亮（左三）出席德阳市慧觉镇精品爱心住院楼落成仪式

众人的力量——中国扶贫基金会汶川地震救灾纪实

⊙2009年5月，企业家潘亚文先生、宋美退女士、黄子发先生，前往四川平武县，给豆蔻小学板房学校的孩子们送去爱心包裹

⊙地震发生后，美亚财产保险有限公司立即组织志愿团队赴地震灾区参与我会救援工作

⊙耐克企业社会责任经理俞菲与学员一起参加"加油——在运动中成长"青少年社会心理项目培训会

⊙欧尚公司亚洲区总裁梅思飙为灾区学生发放爱心包裹

⊙壳牌林浩光主席走访绵竹贷款客户

理想在世俗的泥泞中演进

——发扬"5·12"救援精神 推动中国社会理性变迁

中国扶贫基金会执行副会长 何道峰

注：本文取自何道峰在2009年8月12日"社会组织5·12行动论坛暨公益项目交流展示会"上的总结报告。该论坛由中国扶贫基金会、南都公益基金会、社会组织促进会、中国青少年发展基金会等21家组织共同主办，中国扶贫基金会承办，150余家社会组织、80余家企业、50余位专家、10余家国际组织和近100家媒体出席。论坛从理论和实践两方面，全面、深入地总结了社会力量参与"5·12"汶川抗震救灾的经验、教训和社会意义，并对未来社会力量参与救灾活动提出了具有指导性的见解。该论坛被誉为2009年公益界规模和影响力最大的活动。何道峰的总结报告集中体现了本次论坛的水平和意义，受到与会者和业内人士的一致好评。

我现在试图把这几天会议讨论的内容总结一下，由于本人才疏学浅，所以很多地方总结得不一定对，有问题是我的责任，讲对的是大家讨论的功劳。

我想把历史拉回到改革开放。由邓小平先生在1978年发动的改革开放，是中国近百年历史上发起的若干变革之一。这次改革跟中国近百年历史上所有变革完全不同，不同在于它是一种自上而下、温和渐进、先经济后政治、先农村后城市、先富带后富、先开放后改革等等特质的变革。正是因为这种温和的变革，所以使得这次变革更加深入、更加广泛、更加持久地触动了中国数千年形成的以农耕文明为基础构建的社会结构，促成了社会结构的变迁和转型。梳理和廓清这次变革的逻辑，对于我们保持清醒的头脑和理性的行为，做积极和有意义的事情，推动中华民族的复兴、繁荣和平稳转型，意义重大。

我们这个论坛讨论得很深，来自一线的"80后"、"90后"的人很有冲劲，提了很多值得我们思考的问题。要从历史的角度看待这个过程，可能对于我们整个民族平稳地完成这次转型，能够真正实现中华民族的复兴，意义重大。它绝对不是独立地讨论一个非政府组织发展的问题。

一、 以公民社会发育为主旨的社会变迁

公民社会是一个静止的图片吗？不是。显然它是一个历史的过程，很长的过程。因此，我们叫社会变迁，这样可能更加容易平缓，更加容易客观地将历史过程看清楚，避免不必要的冲动。

1.公民社会是工业文明的理想和市场经济发展成功的结果

工业文明有以下几个最基本的概念：

第一，工业文明推动着就业和收入方式的转变——非农化。把人从农业就业推动到非农就业，非农就业超过70%，可以称之为工业化的国家。当然可以更高，如美国非农就业比重高达97%。

第二，非农就业推动着居住方式的转变——城市化。一般来说，城市

化达到70%以上，可认为现代化进程完成。当然可以高达80%～90%。

如果没有这两个经济结构的变化为基础，谈公民社会不可能。但是只有这两个结构也不够，在前苏联，就业非农化和城市化都曾经达到70%以上，但是并没有公民社会出现。

第三，市场经济以个人自由平等为前提，给个人赋权或个人结合体给国家赋权。中国的模式是个人无权，改革开放后，我们的权是国家赋予的。1978年以前，个人毫无权利，做买卖是"投机倒把"，想问题是"资产阶级自由化"，谈恋爱是"资产阶级生活方式"，离开居住地是"流窜"。英美等国家认为，首先自由的公民是根本和基础，公民给国家赋权，请你（国家或政府）帮我们管理部分公共事务，我们制定一系列东西来限制和约束你的权利。

第四，新的生活方式产生某些公共领域缺失和公共空间，于是产生重构的需求。住在农村相对很简单，没那么多事。但住在城市里就复杂了，人近了，心远了，所以很多公共空间没人管，很多公共问题没人关注，这就需要有人来管。

第五，政府职能、预算约束导致某些公共领域的让渡，于是形成次公共领域或空间。

2. 公民社会是政府无力顾及或理性让渡次公共领域给社会自治的结果

首先，自由结社是赋权的法律框架。自由结社是法律、宪法赋予的权利。

其次，对结社的法治是次公共领域让渡的理性衡量。

第三，开放政府资源是次公共领域的更理性让渡。

第四，推动免费审计和信息透明是次公共领域让渡的现代举措。在一些国家如美国有这样的一个法律规定，所有审计师要拿出80%～10%的时间做无偿审计，审计对象就是民间组织。因为很多小机构没钱付审计费，如果付费就倒掉了。

第五，社会企业家群体的发育及形成是次公共领域良好治理的基础。目前有没有足够的社会企业家？我们这个领域的人在发展，尤其非公募基金会开放以来，卷入的企业家在逐渐增多，但是作为一个泱泱大国，还是太少了，我们的力量还很薄弱。

3.公民社会的理想

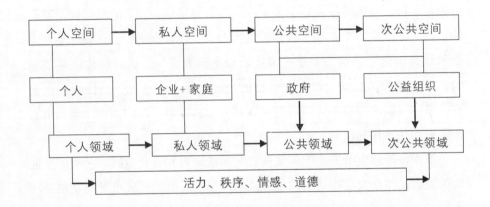

这是一个理想的公民社会图景。在这个理想的图景下：

首先，个人领域得到尊重，个人的权利和责任体系逐步形成，个人的修养和道德水平逐步提升并日臻完善，个人的能动性和创造性得到发挥。没有公民权利的社会不能叫做公民社会。

其次，私人领域中的私人权利得到尊重和保护，家庭和企业发展成为两种创造财富和就业的组织形式，家庭逐渐演化为以消费和生育教育为主的组织形式，财富创造让位给现代企业这种竞争性组织形式。

第三，随着社会发展，政府发展成为一个适当规模和适度功能的现代政府。它将主要公共领域如治安、法律、国防、安全、导向性研究、保障等置于理性管理之下。让社会运转平稳、安全、有序。

第四，公民结社权利得到足够尊重，结社自由并有序发展，非政府组织发展充分，使有关社会情感、道德、自治、弱势帮扶、公民维权及环境文化保护等次公共领域得到有效治理，社会充满温情和关爱，互动有效，和谐共荣。

4.以公民社会发育为主旨的社会变迁是个过程

以上理想的公民社会图景，它是经过曲折的、漫长的过程才能接近的，是一个变迁的过程。在这个过程中：

一是企业的发展和变迁，从以家庭为核心的手工作坊式的企业，到有限责任公司，再到股份公司和上市公司。企业的组织形式经历了家庭式管理、科层制管理到矩阵管理等种种的变迁与发展，从而逐渐取代家庭成为财富创造的主要组织形式。

二是随着财富增加引起的工业化、城市化和信息化的发展，家庭的功能也在发生着深刻的变化，逐渐从财富创造的主角形式上退下来，逐渐演化为一个消费和生育组织。家庭结构也经历了复式家庭到单式家庭甚至单亲家庭的演变，孩子从家庭经济资产转变为情感资产和经济负债。由此引起了私人空间和个人空间上的许多新问题和新变化。

三是政府从异化为至高无上的主权组织演化为接受人民赋权并通过强制性向个人、家庭和企业纳税以治理公共领域的组织，但其行为必须接受公民问责。问责机制促使政府组织结构发生适调性变化，以期成为公平和效率兼顾的政府组织。

四是从个人的自由个性与责任文化中演变出一种新的组织形式——如非政府组织（NGO）、非营利组织（NPO）等等，依靠人们的志愿奉献获得资源，形成政府让渡或无法顾及的次公共领域，以提升社会公共事务管理的精度，增加社会情操和提升社会道德底线。组织演变的理想路线为责任公民、企业家和社会精英的自由结盟。政府将其纳入法治化管理，从而成为政府公共领域治理的良性伙伴——次公共领域中的社会公益组织。

五是个人虽然不是一个组织形式，但在上述社会演变中，个人的价值观、情操和道德、责任感均受到影响，从而形成一个社会基本的修养及行为守则规程，都无不打上社会变迁进程的深刻印记。

这是一幅理想的以公民社会为主旨的社会变迁动态图景。切忌简单进行跨时空的横截面对比。如果简单地进行跨时空的横截面对比，你可能会觉得什么希望都没有，你就会很烦躁，烦躁之后就可能采取或完全悲观主义或冒进对抗的方式。

二、中国特色的市场经济模式和中国特色的公民社会发育模式

1.改革开放前中国社会结构图

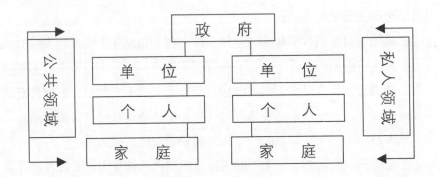

这个时期，政府变成单位，单位控制个人，无论公共领域的事，还是私人领域的事，全部都由单位控制——政府全能统管一切；单位切割把人全都管住；几乎没有私人和个人领域；没有非政府组织。

2.改革开放初期社会结构变化（20世纪80年代）

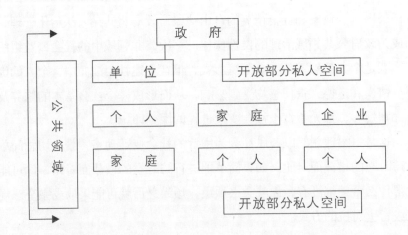

从1978年开始，公共领域里开始分为单位、个人、家庭，开放部分私人空间，允许家庭、企业、个人发展。最初先从农村改革开始，开放部分私人空间；占人口大多数的农村家庭获得创造财富的私人空间，变成财富创造单位；企业作为一种经济组织形式开始幼稚地发展；私人领域和个人领域开始出现；虽然，用单位控制人的结构仍占主导地位，但新的市场法制管控方法显现，社会结构呈复杂化特征。

3.改革开放中期社会结构变迁（20世纪90年代）

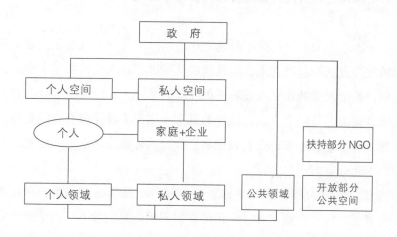

20世纪90年代，政府进一步改革，把个人和私人空间打开，家庭在这个过程中得到发展。在这个过程中：（1）个人和私人空间得到较大拓展，形成了个人领域和私人领域，为社会发展和变迁奠定了基础；（2）但由于城市化水平的限制，多数家庭仍担负着财富创造而非分配和消费的功能，企业的发展依然不够成熟，尤其是大量国企控制资源；（3）政府仍然统管着公共领域，甚至仍然在私人领域保持政府控制和主导；（4）政府出于政治策略和资源筹集的考虑，允许和扶持成立了若干非政府组织，但这些非政府组织并不是责任公民、企业家和社会精英结盟的产物，而是老干部发挥余热的平台和政治稳定的缓冲器。

20世纪90年代，我们看到，突然有一个NGO发展很高的高峰，即所谓的非政府组织的曲线超过了国民经济成长的曲线。这在一般社会领域里是不会有这种演变的，演变是自然的渐进过程，而且NGO发展曲线肯定慢于GDP和城市化发展曲线，曲线比较平滑。陡然翘起来，不是自然变迁的结果，说明当时政府出于政治策略的考虑，要把干部退下来，实行年轻化。退下来会很难受，所以你得给他一个平台去缓冲，因此就掀起注册基金会、注册社团的热潮，部长下来做一个，司长下来做一个，省、地、县照样模仿，形成大规模的行政性色彩NGO的出现。

4.中国特色的公民社会发育和社会变迁模式

我们看到：

第一，中国的公民社会不是建立在市场经济导向、从而私人领域和个人领域充分发展的基础之上，而是政府开放部分私人空间和个人空间不到十五年，其个人领域和私人领域还很脆弱的基础上，政府主导社会的力量依然十分强大的基础之上。在这个基础上，国民个性还没有得到充分发展和张扬，个人财富还未得到有效积累，次公共领域尚未形成，因此，公民意识尚未充分觉醒。

第二，中国的公益组织并非是在个人和私人领域充分发展的基础之上，由责任公民、企业家和社会精英联盟形成的组织发育。而是政府分权及其退役盟友——老干部发挥余热的"社会公共事务平台"，或者直接是政府部门成立的用于"筹集或承接社会捐赠"以辅助政府工作的"社会工作平台"（两块牌子、一套人马）。

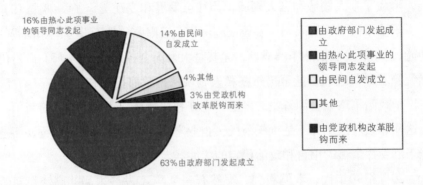

（资源来源：何建宇、王绍光：《中国式的社团革命》。

*根据何建宇、王绍光的研究，中国社团820万家，其中八大人民团体510万家，准政府社团170万家，草根社团76万家，注册社团21万家，注册民非17万家，未注册民非25万家。

*八大人民团体不应列入社团范围，其一，人员全部纳入正规干部任命管理系列；其二，其经费纳入全面财政预算；其三，工作机制，完全按政府系列管理。当然这八大人民团体也跟其他NPO争社会捐赠资源，从这个意义上讲，可列入社团供给。）

第三，因此，相对于一个自然、成熟发展的公民社会来说，体现出NPO或社团过度早产和供给相对于需求严重过剩。虽然从NPO的基本条件而言，八大人民团体很难列入NPO系列，但从争夺捐赠资源的角度讲，他们是更有力的竞争者。从社团供给的角度讲，何建宇、王光绍统计的820万个社团(NPO)的状况是存在的。更有甚者，中国还有历年政府改革转型而游离在政府和NPO之间的组织——事业单位。它有100万个，从业人员3000万人，占公共就业的41%。这些事业单位通过财政拨款、行政收费、事业创收和接受捐赠等四个途径获取资源，成为挤占次公共领域资源的最强有力竞争者，也可以列入到NPO(社团)供给的范畴之内。因此，相对于2007年以前只有100亿至150亿社会捐赠资源的中国来说，社团供给显然不是不足，而是严重过剩了。

（*详见顾昕：《事业单位的主导性与中国公民社会发展的结构性制约》2008)

第四，由于中国NPO的大规模整齐划一地早产和发生机制，使中国的NPO具有了其特有的风格和行为特征：英雄主义和理想主义；行政能力很强，经营能力很弱；公共能力很强，管理技巧缺乏；立意高度很够，但社会组织经验缺乏。加上机构受双重管理法律框架的制约，使得NPO的生存环境极为恶劣，生存空间十分有限，这就迫使各种社会供给力量为争取资源而使出浑身解数去奋斗，从而形成了为获取资源而独特的博弈方式与风格。

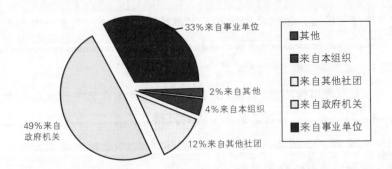

第五，因此，中国的公民社会发育不是从市场经济运行成熟从而个人领域和私人领域充分发展后通过个人自由结社、精英联盟而自然发展起来的，而是政府为利用社会捐赠（志愿）资源而分流生造出来的。因此带有强烈的政府印记和行政色彩，其行为方式必然导致其走的是一条完全不同于常规路径的公民社会演进之路。这条道路虽不经典，但它与其母体从计划经济向市场经济的转变方式是相吻合的，必然带有其母体的胎痕和脐印。

三、理想在世俗的泥泞中演进

"她不是经典的脚，可她是现实的脚啊！"——这是莫奈在回答批评者对其《洗衣妇》的脚画得不经典时的对话。

借用莫奈先生的话来形容中国近30年来公民社会的变迁，同样，这幅"公民社会"的图景虽不经典，可它是现实的。

理想也只能在世俗的泥泞中演进。因此，我们说——

第一，中国的市场经济，是从计划经济蜕变而来，中国政府的角色，从全能政府退到今天，依然 "全能"。时至今日，中国加入WTO已10年，除了公共领域，政府依然控制资源行业，政府企业依然占GDP近50%的市场份额，私人领域发育尚不充分，但我们不能因此而否定中国改革开放的成就。

第二，虽然中国的NPO供给严重过剩，但西方真正意义上的NPO，从2005年《基金会管理条例》出台，到2007～2008年一批私募基金会的出现，才开始真正像私人领域充分发展后企业家和社会精英结盟性质的产物——NPO那样，其治理结构才具备完善的基础。虽然不够完善，但我们不能因此而否认过去十几年NPO领域中那些先驱们为促进官办 NPO的改革和管理所献出的时间、努力和奋斗；不能否认无数企业家和一些社会先驱为推动公民意识觉醒所作的种种努力；不能否认许多NPO中政府退役领导人对动员社会资源所作的种种努力和奉献，甚至这些领导人对于促进NPO 、NGO 发展的意义。

这些努力，不仅对于动员社会资源加入次公共领域是有意义的，而且对于提升社会的情感水平和道德底线甚至社会稳定是有积极意义的。

第三，但由于官办NPO、NGO严重过剩，社会志愿资源严重不足，加之NPO、 NGO的技术能力缺乏，导致争夺资源常具有企业与政府间的交换色彩（如各级领导人接见捐款人或谋取政协委员、人大委员之职务等等），削弱了捐款志愿的次公共领域建设功能，同时公众参与度也因此不够。

一些企业家捐款的目的由于注重交换等功能，因此，他不可能去问捐款干了什么？效率如何？常常是举牌照相之后就回家了。去年5·12汶川地震的捐款中有80%的捐款部分回到政府，大家很愤怒。但是看看邓国胜所做的调查，有60%的人认为应该让政府去执行去花这个钱，说明，现在中国整个NPO或NGO管理体制的现状是跟我们国民的认知水平基本一致的。

第四，由于NPO或NGO蜕变自政府从而其运营的非专业化，使得捐款又常常回到政府的渠道来执行，从而未能形成志愿社群与受益社群的良性互动平台，导致代表公民社会的次公共领域未能正常发育，有限的资源未能有效利用等等。

第五，由于双轨管理体制的粗线条导致大多数NPO被主管部门管得太死没有发挥出应有的功能，其正常的治理结构也失去作用；有些NPO又因主管部门非专业化管理不善而出现了种种问题；只有少数的NPO能平衡好双轨体制中主管部门和理事会的功能正常运行而颇有建树。总体体现为行业发展的极度不平衡。

第六，由于大量的社团（NPO）的行为方式在依靠财政拨款、服务收费、行政性收费和接受捐赠等多种收入模式下摇摆，使其作为NPO服务于次公共领域载体的专业化功能得不到长期必要的发展，因此未能发展出足够数量的专业化NPO，亦未能形成一支高素质的专业化团队大军，严重制约着社会结构的进一步转型和公民社会的进一步发展。

总之，中国公民社会的理想在世俗的泥泞中演进了近二十年，其中有无数可歌可泣的故事，也有无数的惋惜和慨叹。但无论如何，一代人追求理想、推动社会情感和道德底线提升的步伐从未停止过，一代人追求财富积累，追求次公共领域拓展的步伐也从未停止过，尽管追求理想的道路充满泥泞，但我们依然有理由为这一代人为重构社会公共空间所作的实践和努力而欢呼。

四、"5·12"救援激情给我们的启示

让我们回看并梳理、描绘一下这样几个图景：2008年"5·12"之前中国社会的重要图景；5·12地震图像；5·12大地震救灾及全社会响应图景。

1.2008年"5·12"前中国社会重要图景

（1）人均国民生产总值（GDP）超过3000美元。

（2）城镇化率超过46%，逼近50%。

（3）2008年8月8日即将在中国举办企盼百年之奥运会。

（4）2008年1月10日南方诸省发生50年未遇之冰雪冻灾，社会募捐超过200亿元人民币。

（5）中国已发展到3亿网民；这是一个很大的事件，影响将是深远的，其影响甚至我们到现在还说不清楚。

（6）中国有6亿部手机，通信网络遍布城乡每个角落。新闻既可通过

广播、电视传播，亦可通过计算机网络和手机传播。

（7）平常年份社会捐赠在200亿至150亿元左右，而各种有接受捐赠功能的官办和准官办社会团体680万个、事业单位100万个、注册NGO21万个。而且，中国各级政府还可以接受捐赠。

（8）中国已完成注册的私募基金会超过300家。

2．"5·12"大地震图像

（1）以四川汶川为中心，里氏8级大地震；

（2）波及10省（市）、417县、4600多个乡镇、4.8万个村庄，面积44万平方公里，基础设施全部或部分损坏；

（3）受灾人口4500万，房屋倒塌536万间，损坏房屋2142万间，涉及转移安置人口1235万；

（4）死亡及失踪人数8万多人；

（5）受伤37万，致残4万多人；

（6）死亡及被淹埋的各种家畜、动物800多万头(只)；灾区直接经济损失超过8000亿元。

3．"5·12"大地震救灾及全社会响应图景

（1）中央第一时间召开紧急会议，总理率队当晚赶赴灾区；

（2）人民军队紧急全面总动员，参与抗震救灾；

（3）全国媒体总动员，首次抗震救灾现场直播；

（4）各省市紧急动员，对口帮扶和募捐；

（5）300万志愿者奔赴灾区，1000万志愿者在后方服务，形成前所未有的志愿者动员场面，其服务价值相当于160亿元；

（6）全社会捐款捐物760亿元，加上1月的南方雪灾超过1000亿元，加上志愿服务时间价值，超过1100亿元，创造了爱心捐赠之奇迹；

（7）300~500家NPO、NGO奔赴灾区现场救灾，现在留在灾区的各种非政府组织还有50~100家。

（8）大灾打乱了正常的社会运转秩序，各种出于社会责任和情

感需求的社会重组显示出他的威力，创造出企业与政府、企业与NPO（NGO）、正规NGO与草根NGO、志愿者与志愿者结盟形成NGO、中外NGO、NGO与政府、NGO联盟、企业家联盟、NGO与企业家联盟、NGO与媒体或学术精英联盟，灾民自组织联盟等等，创造了各种各样、璀璨夺目的合作形式，使"5·12"救灾成为中国历史上前所未有的社会合作的壮丽画卷，以致学者们把2008年视为中国公益元年。

4."5·12"救援激情给我们的启示

"5·12"留给我们民族很深的创伤，"5·12"救援也留给我们许多精神财富，如何去正确地挖掘、认识、保存、发扬这些精神财富，用之于推动中国社会结构的理想转型和公民社会的健康发育，是我们这代人不可推卸的历史责任。"5·12"救援到底给我们留下什么启示呢？

（1）个人空间的尊重和个人领域的发展，需要对人的基本尊重和对个人权利的明确界定和保护，这对于公民意识的觉醒和形成健康的公民责任意识，意义重大。

汶川大地震中出现了无数可歌可泣的感人故事，但也出现了引发全社会争论的"范跑跑"事件。我们虽不倡导"范跑跑"精神，但我们容忍"范跑跑"的存在并让他在网络、媒体上陈述自己的观点，甚至校长没有因此开了他。"范跑跑"事件能留给我们很多很多反思，最重要一条就是社会的宽容精神和多元文化。而这种宽容的精神和多元文化的社会，才可能形成健康的公民社会必需的国民心理。

（2）私人空间拓展和私人领域的充分发展，是公民社会构建的最重要基石。

试想如果没有改革开放三十年对私人空间的逐步拓展、从而私人领域的逐步发展、对私有财产合法性的逐步认可和保护，怎么可能达到人均GDP3000美元的发展水平？没有这样的财富水平，怎么可能在"5·12"灾难中动员（760亿+160亿）相当于920亿元的社会志愿，加上雪灾超过1100亿的社会志愿？决无可能。

（3）私人领域的发展不仅是社会志愿的源泉，而且通过个人公民和企业公民的发展，才能在传统家庭之外形成公民社会必须的新的公民责任载体——企业，并使之互动和激发，推动着公民责任意识的形成和巩固。

"5·12"救援中众多企业的直接和间接救援行动，让我们深入地领会到这种新的载体——企业社会责任（企业CRS）的重要意义。

（4）政府应持续放权使自己回归到自己的位置上管理主要的公共事务，形成公共领域和次公共领域的分界限，发育出相对完整的次公共领域，有所不为方能有所为之。

"5·12"大地震开始阶段，政府规定只能少数NGO可接受捐赠，后由于新闻直播及灾难过大激起全民情感等因素，有所放松。地方政府则是持开放态度，欢迎各种NGO进入。因此创造出了政府与NGO全方位合作的局面，给我们留下了许许多多宝贵的精神财富。但由于捐赠渠道过于集中，导致捐赠流向过分集中，形成了捐赠资源和能力严重不匹配的错位现象，形成了捐赠资源的堰塞湖。四川省红十字会17个人收到20亿捐赠后手忙脚乱压力空前就是典型的案例。

据有关调查显示，去年"5·12"抗震救灾捐赠款物760亿中有80%又回到政府财政专户中，从目前来讲也没有什么好办法。因为法律规定政府本身是可以接受捐赠的，实际上58%是政府直接接受捐赠。四川红十字会17个人接受了20亿的捐款，最正确的方法是什么？当然是交钱给政府，否则晚上都睡不着。

（5）次公共领域的正常发育不仅要有明确的界限，而且要有完备的法治系统从而使次公共领域的NGO处于竞争状态，而竞争又要得到有效的监管，形成有序的竞争。

无数的实践证明：凡是存在不充分竞争的地方，必有寻租从而腐败的可能性和低效配置资源的可能性存在。

开始时政府为资源筹集不足发愁，760亿捐款到位后，政府又为捐款的"堰塞湖"发愁，可谓"多也愁少也愁，进也愁退也愁"。最后的结局是80%的社会捐赠又拨回政府，形成额外的税收，使捐赠资源没有能够发挥其促进公民社会发展的功能。发达地区作为对口帮扶本应用财政来支付，但50%的款项是从社会捐赠中划拨而来，这不仅挤占了次公共领域的发展资源，而且对于2000元/平方米的活动板房建设等资源配置的低效率，未必与此无关。

（6）NGO组织在5·12救援中经受了很大的锻炼，拥有垄断资源的组织突然发现钱太多了并不是好事，关键要与组织能力相匹配。钱少的机构也发现，光有理想和激情不够，关键要有合适的项目并使其具备落地的能力。因此产生了对技术的需求和渴望，从而使其他有技术、研究能力的组织也找到了需求。这些种种需求和供给的碰撞，促使"5·12"救援的NGO形成了合作的主旋律。这种合作发生在企业家之间、企业与NGO之间、有钱的NGO和没钱的NGO之间、有钱的NGO和有技术的NGO或学术团体之间、中外NGO之间，甚至发生在互不相识的草根精英之间。这些合作，对于培育中国NGO的组织、技能、管理与合作互助，提升NGO业界的运行能力，意义重大。

（7）奔赴前线的300万志愿大军和在后方服务的1000万志愿大军，创造了中国史上人力志愿贡献之最壮观图景，以致灾区人民说："感谢政府，感谢志愿者。"

这次志愿大量实践使我们明白：①做善事除了捐钱也可捐时间；②志愿者需要许多NGO来使用，如果没有足够能力的NGO承载，过多的志愿者拥入灾区也会添乱不帮忙，成为次生灾民；③做志愿者也需要技能和组织方式，并找到与之相对应的用武之地；④志愿队伍的逐步成长壮大和有效使用，是公民社会发展的必要构件。

（8）媒体、网络、手机形成的信息共享和互动，使"5·12"的许多救灾和志愿募集行动具有更强的针对性，更多的可讨论性和准确性，使次公共领域的发育更加精细化。媒体如何转变成社会的良知和公正公开的讨论平台，对于公民社会的发展意义更大。

（9）灾民的积极参与和主动性的发挥，改变传统的"施—舍"模式，构建以灾民的积极主动参与为核心的社会援助模式，是公民社会发展的重要软件。

我们在工作中需要防止使用施舍的模式，也要防止由于过度干预而使社会组织和人的行为变形，制造出一些非驴非马的东西。

（10）"5·12"救援还告诉我们，不仅要关注灾区的生命救援和灾后重建，更要关心精神和心理层面的问题、特殊需求问题、灾民权利问题、社会互动和公共空间重构等问题，而这些正是次公共领域应该发育的，是公民社会发展可进一步开拓的重要空间。

"5·12"给我们留下的财富，伤痛和教训还有很多很多，愿更多的同仁加入到总结、保护、传承、改进的行列，从中汲取力量，完善自我，影响他人，推动中国社会结构的理想转型和公民社会的健康发育。

五、发扬"5·12"救援精神，推动中国社会向公民社会理性变迁

建设公民社会需要有理想，我们要发扬5·12救援精神，往理想的方向推动中国公民社会的理性变迁。

要看到，我们正处在一个十字路口，机遇与挑战并存。

机遇方面，我们有：（1）"5·12"精神遗产；（2）人均3000美元之上社会次公共领域资源潜能增加。

但是，也有挑战：（1）体制挑战，强大的政府和次公共领域制度缺失；（2）私人领域发达不够，时有拉锯倒退现象；（3）NPO组织经营管理能力缺乏。

如何推动中国社会向公民社会理性变迁？

（1）研究界、媒体和NPO要注重与政府的良性互动，倡导和推动政府变革社会管理机制，不怕步子小，就怕大后退或长期止步。

（2）媒体、研究界、捐赠人和非政府组织之间也应保持良性互动，从具体事入手，脚踏实地，通过积极的行动与讨论相互合作，相互学习，推动公民性的提升和公民意识的觉醒。

（3）NPO减少抱怨，加强倡导，提升行动感，加强内部管理，改变自己，苦练内功，能力提升再提升。

这个世界上唯一能改变的就是我们自己。当你抱怨的时候，其实很难

有办法做事。NGO这个行业，你进来，你做选择，你就要无怨无悔，不要抱怨别人和环境，而是要要求自己，改变自己，这样反而可以改变你周围的人，可以对社会施加积极影响。

要苦练内功，能力提升再提升。只要有能力，不怕找不到钱。许多年前我跟中国扶贫基金会的同仁说不要担心没有钱，我们缺的不是钱，我们缺的是别人给你钱的理由。酒香不怕巷子深。

（4）加强行业自律和联盟，吸引更多的精英加入，打造行业吸引力。世间本无路，走的人多了，自然成了路。

加强行业自律和联盟。只有行业自律了，让人感觉我们不是跟政府对抗，不是给社会添乱，我们是给社会做积极而有意义的事情，我们在做促进社会和谐和繁荣的事情。也只有这样，也才能吸引更多的精英加入，打造行业吸引力。以前进这个行业的人除了像我这样的老同志，就是女同志。现在，从我们这个会议中就可以看到有很大的变化，很大的不同，有很多年轻同志参加。其实每个行业都是因为有年轻人加入才能成长。现在我们这个行业要吸引青年同志参加，要吸引大量有知识、有层次的人参加。这样的人多了，层次高了，行业水平自然高了。

世间本没有路，走的人多了，就成了路了。英雄是不能创造历史的，靠一两个英雄改变不了历史，社会的变迁一定是以人的数量为导向的。中国为什么有今天？我跟外国朋友讲，因为人类历史上有几个现代化，第一波就是以英国为核心的欧洲国家，加起来不过五六千万人。第二波美国，一亿多人。第三波，东亚国家大概一亿四千万人。第四波是中国，13亿人同时走进现代化，这是前所未有的，数量决定高度。

中国依然处于社会转型期，存在诸多社会风险，实现公民社会理想还有很长的路。但我们依然走在公民社会发育之路上。虽然我们在泥泞中行进，但我们依然在前进。这些泥泞中的步伐包含着我们梦想的细碎分子，我们应保持耐心、行动感、责任感和理性（就是在这次的论坛上，我们也忘不了拿出1000多万搞招标），传承"5·12"救援精神，推动中国社会向公民社会理性变迁。

附录二

如何培植公益机构的公信力

中国扶贫基金会秘书长　王行最

公信力是公益组织的根本命脉，公益机构须着力培植自身的公信力以赢得社会大众的认可。2000年以来，中国扶贫基金会开始了一系列的改革，可以说，如何提升机构自身的公信力一直是改革的主要命题。

中国扶贫基金会十多年的实践探索，主要是围绕提升执行力与透明度两大要素来培植机构的公信力的。

一、执行力与透明度

（一）机构执行力是构建公信力的基石

随着中国公益行业竞争的日益充分，人们将会将更多的选票投向更加专业的NGO。在可预见的将来，在中国公益领域将是一个专业致胜的时代。NGO必须拿出足够的敬业精神，显示足够的专业水准换取社会的选票。因此，评价机构公信力的重要选项之一是公益机构的"专业水准"。

近年来，捐赠人或社会大众对公益机构执行力的评判主要关注以下四个环节：一是在项目的企划方面，对于特定的社会问题（比如重大自然灾害发生后产生的诸多人道主义困境与灾难，比如贫困农户的生产生活困境等），公益组织是否提供了完善可行的解决方案；二是在项目落实层面，公益组织对项目目标受助群体的瞄准能力如何？是否存在不能容忍的偏离；三是效率，公益组织能否高效率地执行？即能否以尽可能快的速度、尽可能低的成本达成捐赠者的愿意或项目设定的目标；四是效果，即公益组织的直接资助工作对目标受助群体是否产生了可清晰观察到的直接影响？

近年来，中国扶贫基金会在与一些企业及企业家的合作中，尤其感受到了这些经营管理的高手对公益机构在上述四个重要环节的高度期待。公益机构必须迅速、有效回应他们的需求。

（二） 机构透明度是衡量公信力的关键

从某种意义讲，公益机构作为捐赠人捐赠资产的代理人或社会公共资源的受托人，必须向捐赠人及社会"报告"或"交待"公益机构对受托公共资源的运用情况。因此，透明或是信息披露实际上是公益机构的本分、最低标准、底线。民政部于2006年1月12日发布的《基金会年度审查办法》和《基金会信息公布办法》，则是界定了公益机构信息披露必须遵守的法律底线。

实际上，在今天的中国公益慈善领域，捐赠人与社会大众对公益机构的公信力充满质疑，尤其对公益机构的信息透明度充满着深深的期待。无论公益机构是否愿意，除了执行力以外，公益机构的透明度已经成为评判、衡量一个机构公信力的重要指标。

从市场行销的角度讲，虽然你实际上可以被信任，但是，你必须证明自己能被信任。虽然执行力是培植机构公信力的重要构成因素，但是，机构做出较高的执行力是一回事，而向社会及捐赠人"告知"你的执行力则是另一回事。因而，展示、广而告之你的执行力已经成为公益机构生存竞争的重要工具。实际上，从整个中国公益行业的发展与竞争格局看，透明已经或正在成为公益机构竞争的一种策略与手段。它不仅来源于机构的内在驱动力，更来自于日益激烈竞争的外在压力。

二、如何提升公益机构的公信力——中国扶贫基金会11年来的实践

随着中国公益行业竞争形势的日益加剧，捐赠人及社会问责意识与问责能力的日益提高，对于公益机构而言，公信力的建设已不是自律或内在驱动力的问题，更不仅仅是道德层面的问题，而是已成为实实在在的外在压力。

中国扶贫基金会对于公信力建设，实际上早已从理念层面转化为实际操作层面；从体制机制层面，开始到专业化建设，甚至到技术层面。换言之，早已从思想意识，变成行动，变成如何为提升公信力提供机制保证，如何进行人力资源布局，甚至更细致为如何变革工作流程，如何进行相应技术工具如现代信息系统的建设。

（一）去行政化——为提升机构公信力提供体制与机制保证

中国扶贫基金会于1989年3月创立。直到1999年，中国扶贫基金会基本上是一个官办型的基金会。这个时期的中国扶贫基金会在机构及项目管理等方面的基本特征可概括地描述为：

老干部发挥余热型。基金会的核心成员基本由党和国家的离退休领导构成，他们不甘心贫困地区特别是革命老区仍处于贫困的境地，希望为国分忧，利用民间力量、利用基金会的工作平台包括自身的人脉资源和影响力为改变贫困状况奉献余力。

干部非职业化。基金会虽不是企业，但是，它也需要讲求工作效率，需要精细化的经营与管理。其管理团队必须具备专业的经营管理技能。这个时期，中国扶贫基金会的最高决策者与管理执行团队虽然不乏治国安邦的领导才能，但是，严格来讲，还是相对缺乏对社会公益组织经营管理所必须的专业化职业化训练，经营管理相对粗放。

"泛扶贫"。即对象定位不求精准到人，不求直接瞄准"受援人"，常常以"区域瞄准"为目标。

219

项目定位"宽泛"。即采用什么项目扶贫相对不求聚焦，常常依据捐助方的要求做事，没有称之为品牌的项目。

历史地看待这个时期的中国扶贫基金会，它的有些特征无不与当时的历史大背景及当时惯用的扶贫思路、方式有关。这个时期，我国设立公益或慈善型基金会的主要目的，在于在政府主导力量之外，希望利用这种组织形式，充分发挥全社会特别是民间力量，以及充分利用国际社会的援助力量扶贫济困。但这类组织的管理体制、机制、经营方式等还在"摸着石头过河"，具体的经营经验更是无从借鉴。

尽管，在10多年后的今天，官办基金会或政府背景的基金会饱受争议，但这个时期的中国扶贫基金会，其前10年的经历，仍为它后来的成长成熟提供了丰富的营养。

2000年是中国扶贫基金会发展历史上的重要一页。在明断社会大势的基础上，及时顺应时局变化，经过1999年充分的准备，坚定地迈出了改革、转型的步伐。中国扶贫基金会将自己作为一个真正意义的从事公益的民间组织、非政府非营利组织来定位。在此共识下，通过向国际学习，向同行学习，向自己学习，开始了艰辛的探索：

首先，"去行政化"，确立了真正非政府非营利组织的体制设计思路。"无行政级别、无事业编制，不进行行政化募捐和项目实施，实行企业化经营和管理"成为体制改革的最重要原则。

其次，依据上述思路与原则，对机构的人事制度进行了根本性的改革，彻底取消了国家行政事业编制。取消国家行政事业编制的中国扶贫基金会同样有业务主管部门，但拥有了真正独立的财权、人权及事权，完全作为独立的民间公益组织开展活动。

再次，根据上述思路与原则，在治理结构上，以实行企业化经营和管理为目标，建构了比较专业的领导团队——作为最高决策层的理事会和会长会议。基金会的日常管理由会长负责制转为在理事会和会长会议领导下的秘书长负责制。今天的中国扶贫基金会，定位于"有专长、有影响力、讲奉献，专司战略与重大事项管理"的理事会汇集了与我会经营管理业务密切相关的各路精英。与此同时，建构了掌管日常经营管理的管理执行团队——秘书处。秘书处成员作为"懂得公益慈善领域经营与管理操作技术的专业管理者"，在秘书处领导下具体开展日常管理工作。上述两个领导团队不仅在管理权限、管理职能和管理作用上界定分明，互动良好，而且在各自的领域能够以不断提升的专业品质服务于组织的使命。

借由上述系列改革与建构，中国扶贫基金会由"官办"转身真正民间，由"圈养"走向真正"放养"，将自己置身于通行优胜劣汰"森林法则"的生存环境中谋求生存发展；并且真正建立了一个可持续发展组织必备的能够良好互动的两个专业的团队。由此，真正构建了比较完善的治理结构。让这种真正独立、既互相合作又能相互制衡的治理结构、组织保障，来承载、实现机构的梦想——实现真正意义的从事公益的非政府组织的梦想。

可以说，"去行政化"，致力于建设真正意义的非政府非营利组织是2000年以来我会发展的重要指导思想与发展主线。从2000年至今，中国扶贫基金会的历史就是一部改革和发展的历史，也是一个从官办社团蜕变为民间、真正非政府非营利组织的历史。2000年的改革是一场彻底的改革，它最大的功效在于真正确立了民间化、专业化、国际化非政府非营利组织的目标；建立并夯实了"专业"、"理性"、"经营慈善"、"市场导向"、"市场竞争"、"规范有序"、"纠错"、"阳光"、"透明"、"创新"、"务实"等的机构理念，让这些理念深植于机构的每一个毛细血管中，内化成组织人格中最重要的部分。虽然，通向目标之路充满了艰辛和痛苦，但该组基因有助于保证机体不断的成长与发展。

（二）专业化——为提升机构公信力提供专业技能保证

上述"去行政化"的系列改革与建构，让中国扶贫基金会摆脱了专业化发展的制度与机制羁绊，并且构建了一个具有竞争力组织所必须具备的纵向指挥系统或治理结构。但是，要让"放养"的中国扶贫基金会能够生存发展，还必须解决更为具体的"野外生存"的技能——如何经营慈善？做什么？如何做？

2000年以来，中国扶贫基金会开始了专业化的历程。围绕提升专业品质以及提升机构执行力命题,在公益经营管理的各个细节层面——在团队文化建设上,在行政管理制度、人力资源管理制度、财务制度的建设上,在市场筹资战略、项目定位与项目管理等方面进行了一系列的探索和创新。在建构各方理念与规章制度的同时,着力强调落实各种规矩的执行能力。

1.让"服务 改变 阳光"成为机构最重要的文化基因

组织具有组织的人格特质,无论是有意或无意修为,都会以这样或那样的个性特质显现。中国扶贫基金会深知团队文化对于组织人格构建的重要性。而这个组织最最希望让员工留恋的就是已内化为机构DNA的文化——碰到问题的解决方法,专属中国扶贫基金会的方法。

经过10多年来的建设,"服务、改变、阳光"、"慈善经营、笃信管理、方法制胜、职业精神"已成为机构最重要的价值准则。正是在这种无处不在被称之为机构文化的导引下,让已构建的"去行政化"的体制、机制或那些已具体成文的规章制度落地生根富有能量,变为实实在在的可提高机构执行力的元素,也在那些规章制度还不能顾及的地方成为规范行为的守护神。

"服务",即坚持服务的方向和使命。服务要从客户(捐赠者及受助群体)出发,以客户为归宿。

"改变",即通过创新,通过调整改变自身,应对竞争与环境的不断变化。"不创新毋宁死",在中国扶贫基金会不仅仅是一句口号,更是通过恒守着的一种务实的操作精神,借助民主的管理风格,着力营造的"自由思想的乐土"、民主的文化气息,充分鼓励人们的创造力。

"阳光",即以开放及虚空的心态、透明的文化和管理架构设计、规范的纠错及反省机制等,建设机构阳光的内部反应系统,建立团队成员间的良性互动机制。可以说,在中国扶贫基金会,建构在团队文化及机制基石上的透明、反省、纠错设计,保证了作为机构监管部门与业务部门之间的良性互动。

"慈善经营、笃信管理、方法制胜、职业精神"更成为机构的信念,并已内化为机构的DNA。当然,机构文化的建构决非一蹴而就,也远非一劳永逸之事。中国扶贫基金会不断告诫自己的团队：不要以为自己做公益做慈善，就已经站到了道德的至高点上，就可以容忍对象瞄准的偏差，就可以不讲工作效率，就可以为所欲为。慈善重在经营。而经营慈善之道，不仅需要胸怀构建公共空间的理想，更要用公司驰骋市场的方法取胜，那就是笃信管理，方法制胜，职业精神。

2. 夯实制度建设，强调制度的执行力

2000年以来，中国扶贫基金会不断重建与完善各项管理制度，尤其强调制度的执行力，缩减"完美的方案"与具体执行之间的距离。

如何建立富有活力的人力资源管理体系，是机构需要不断破解的永恒命题。如何拥有一支特别能战斗的队伍，是机构需要不断修炼的一种能力。它无疑关系到机构执行力的强弱。围绕该命题，2000年以来，我会初步形成了一整套较为完善的制度与方法：除不断修炼建构团队文化外，在人力资源管理体系方面，实行了全面合约化的人力资源管理制度，推行全面责任管理与满负荷工作制；实行全员聘用合同制度和岗位责任合同制；推行公平合理的激励制度；推行志愿者制度……

当然，随着行业及机构内外环境的变化，中国扶贫基金会现有的人力资源管理体系开始面临诸多挑战，需要不断提升人力资源管理的专业水准与精细度。但2000年以来，在人力资源管理体系方面形成的基本制度与文化框架仍具有巨大的活力。 比如，"注重效果"，中国扶贫基金会是一个注重效果的地方，机构需要的"人才"也许并不是"最优秀的人"，但却是"最合适的人"。这种最合适的人，必须首先对基金会拥有足够的理念认同，然后才是拥有足够的工作能力。比如，在选用管理干部过程中坚持的"透明运作加尽力追求公平"原则。虽然，不能全部采用竞聘的方式，但通常会每隔几年就"折腾"（即全员竞岗竞聘）一次，同时通过建立一套公平公正的客观评价系统选拔干部。即采用"相马加赛马的方法"，特别强调透明运作。

公益机构财务管理的最高境界不仅在于将其作为机构事前管理的手段，事中监管的重要工具，更需要打造透明化的财务管理。2000年以来，中国扶贫基金会推行了全面财务预算管理制度，强化财务管理职能。全会牢固树立了慈善经营理念，追求公益事业效益最大化和成本最小化。通过将机构的年度工作计划财务化，以及全员参与、由下而上的全环节的预算管理，不仅让财务预算成为捐赠收入指标制订、项目执行管理与费用支出管理的重要管理工具，同时，又为公益机构财务管理的民主化、透明化打下坚实的基础。

2000年以来，中国扶贫基金会逐渐建立健全了各项管理制度，并在管理过程中尝试将关键的制度分解成关键步骤并程序化。如合同签审流程、物资采购流程等，实现了对关键节点的控制，提升了风险防范的能力。

3.实行品牌项目策略，用精细的项目管理锻造核心竞争力

2000年以来，中国扶贫基金会逐渐确立了建立机构及项目品牌、提高公信力、做好做精项目、以项目及机构品牌筹资的市场筹资策略。通过聚焦品牌项目，通过把项目做实做透明，通过项目品牌的传播推广，让精细化的项目管理成为机构重要的竞争力。目前已形成了以小额信贷、紧急救援、爱心包裹、母婴平安、新长城特困大学生、孤儿助养为代表的援助型项目，以及以搭建人人可公益的机、网、银一体化平台为代表的倡导型项目等多个品牌项目；随着多个品牌项目影响力的提升，机构的品牌影响力不断增强。

在项目管理方面，逐渐形成了以下有特色的管理方略：

——建立专业化的项目管理团队。以专业、专职的项目管理队伍对所有项目进行"一竿子插到底"的直接管理。

——建立资源优化配置的管理体系。以合约方式建立以基金会直接操作项目、管理层级少又充分发挥项目地各级政府（如政府扶贫部门）及相关部门（如教育管理部门及学校）作用的项目管理体系。

——精细化的操作体系。制定具体、详细的项目操作流程和办法，使每个项目执行人在项目操作时有章可循。

——可持续发展的设计理念。注重项目操作机构的能力建设和财务平衡，实现项目的可持续发展。

——受益人口的瞄准和参与机制。确保捐赠人的爱心能够直接传递到贫困人口，鼓励受益人参与，提升自立能力。

——资金的封闭管理。设立专门的项目账户，严格控制资金的流向和使用的合理性。

——全过程的监测和纠错机制。通过日常信息及实地监测方式，实现对项目全过程控制，及时纠正项目运行偏差。

——确立项目管理理念。今天，中国扶贫基金会已将以下理念作为项目管理的重要理念善加运用：不相信任何人，只相信管理的逻辑；不相信任何口头承诺与保证，只相信合约与监督；不相信纯粹的感觉，只相信数据逻辑与感觉的一致性；不相信永动的设计，只相信发现问题与解决问题的及时性。

可以说，2000年以来历经11年多的专业化历程，中国扶贫基金会已经由一个非专业的非政府组织蜕变为具有一定专业水准的非政府非营利组织，专业化的建设尤其是执行力的提升，为提升机构的公信力提供了必备的专业素养与能力保证。

（三）透明化——将信息透明及透明运作作为提升公信力的重要载体

面对捐赠人与社会对公益机构透明品质的强烈期待，在日益激烈竞争的环境下，提高透明度、注重信息披露已成为公益机构提升组织公信力的重要工具。

透明不仅是公益组织的本分，实际上，通过信息透明特别是透明运作，更成为有力提升机构廉能水平的管理工具。比如，通过公开招标方式选择项目执行伙伴、确定采购物品及服务的提供者；比如，通过引入外部人员（如志愿者、捐赠人代表等），通过强化机构常设"采购督导官"的职能作用等参与救灾物品的采购询价、质量监测与发放等；比如，通过新闻发布会、网站等平台详细发布项目执行信息、执行阶段性成果等；比如通过内设机构（资讯监测研究部、计划财务部）对机构与项目从业务与财务等维度的制度化的监测、内审，形成规范的内部制衡；比如，通过聘请外部评估机构、审计机构对重大项目及活动进行评估审计等。通过这种透明运作与信息披露的方式，不仅回应了捐赠人与社会大众对公益机构透明度的需求，而且已成为中国扶贫基金会完善内部管理及多余动作的一种有效的管控手段。因此，在中国扶贫基金会实践中，公益机构的透明不仅仅是信息的透明，更在于制度、规范化的透明运作的设计。

关于信息披露的内容，中国扶贫基金会在近年来的实践中，不断辨识着需要向捐赠人及社会大众交待的信息内容。近年的实践主要把握了以下方面：

第一，实现全过程透明。即披露的重大筹资活动信息，不仅要披露筹资与项目执行的结果或成果，还要披露重大筹资活动的实施方案、阶段性成果。即方案透明、执行过程透明、执行结果透明。

第二，实现全对象透明。中国扶贫基金会将信息披露的对象区分为特定捐赠人及整个社会大众。但这种区分，并不意味着某个捐赠人捐赠的善款只须向某个捐赠人汇报。比如，针对曹德旺曹晖2亿元的西南旱灾救助善款的执行信息披露，不仅通过专项报告、专题简讯等方式直接向曹德旺曹晖先生本人或其指定的负责人报告，同时，还透过专题活动网站平台，对整个社会大众包括媒体进行披露，接受捐赠人及全社会的问责。

第三，关键信息透明。目前，基金会中心网明确提出的信息披露内容分四个层面：机构基本信息（注册时间、原始基金数额、联系人、联系电话、联系Email、联系地址等）、法定年度报告信息（财务信息）、项目信息、捐赠人信息。但在中国扶贫基金会的信息披露中，除以上格式化的内容外，一直在摸索如何加大信息披露的宽度。比如，以重大筹资活动的信息披露为例，在征得捐赠人同意后，要披露捐赠人的捐赠信息；财务信息，如筹资额度、支出额度、计划支出额度等；筹集款物的执行进展情况，如受助人数量、受助人分布区域、甚至是具体受助人的部分信息等。

第四，多样化的信息披露平台。中国扶贫基金会除在法定信息披露平台（民政部年检信息在指定报刊披露）、行业信息披露平台（基金会行业建立的专业信息披露网平台——基金会中心网），按其披露格式披露相关信息外，更经常化的信息披露平台，则是机构自己建设的平台：中国扶贫基金会官方网站（www.fupin.org.cn）、每年编制的《年度报告》、内部刊物（机构内刊《自立》、及各品牌项目内刊）、专项活动官网、举办新闻发布会等。

（四）倡导与推动——为提升机构公信力提供行业环境保证

公益行业中，个别公益机构的公信力高低有时会影响或累及到行业的其它成员。甚至在整个社会公信力较低的情况下，个体成员的负面信息常常会影响或导致人们对整个行业公信力评判值的下降。公益行业尤其是一个以信而立的行业，"一人得病，全家吃药"的现象也是公益行业的一种客观存在。所以，在当今中国公益行业，作为公益行业的一员，仅仅眼睛向内、自扫门前雪的话，很难构建并提升自己的公信力。行业成员同时必须肩负起行业建设的责任，推动公益行业公信力的建设。

2000年以来，中国扶贫基金会在发展壮大自身的同时，肩负使命，围绕公益行业公信力建设主题，携手同道积极开展推动倡导工作。

2006年，中国扶贫基金会与中国青少年发展基金会、爱德基金会共同发起"中国NPO自律行动"（NPO即非营利组织）并成立了指导委员会。我会执行副会长何道峰出任指导委员会的首任轮值主席，其间指导开发了《公益性NPO自律准则》。中国NPO自律行动旨在通过自愿签约、制定标准、独立评估、披露信息等具体举措，向社会证明NPO的运作效率、效益和公信力。该组织的成立被NPO业界称为中国NPO自律行动进入实质性运作的标志。

2008年5.12汶川地震发生后，中国民间爆发空前的捐赠热情，众多民间组织积极行动起来，开展筹款、救灾。为规范行业行为，建设行业公信力，5月13日，由中国扶贫基金会、中国青少年发展基金会、爱德基金会、南都公益基金会等机构率先发出"中国民间组织参与汶川地震救灾行动联合声明"，并广泛邀请基金会、行业协会、民办非企业单位乃至工商注册的非营利组织等各类民间组织参与进来，承诺及时公布捐赠者和捐赠数额；承诺保证尊重捐赠者的意愿使用捐赠款物并将使用用途、数量及时公布；承诺确保所有捐赠款物有效落实到灾区、灾民手中；保证建立公众意见反馈平台，接受公众对捐赠资金和物资使用情况的意见和建议，回答公众的询问，接受公众投诉和监督。165家公益组织响应了该次行动。

在中国NPO自律行动的基础上，2010年，中国扶贫基金会与中国青少年发展基金会、南都公益基金会等32家公募、非公募基金会共同发起筹

227

建了"基金会中心网"，并与多家机构一起对中心网的最初建设提供了重要的资金支持。希望借助行业自律的力量推动行业公信力的建设。让"公益行业自律从基金会开始，基金会行业自律从信息披露开始"，这是基金会中心网的口号，更是中国扶贫基金会及同道为推动慈善公益行业健康发展画出的重要路线图。

面对公益领域长期存在的捐赠人问责缺乏，公益机构难以公平竞争、行业公信力低下的局面，2010年，我会与曹德旺曹晖父子合作，希望让这个多达2亿元的善款救助西南旱灾的行动成为倡导并推动公益问责的典型个案。

2010年5月4日，曹德旺曹晖父子捐款2亿元委托我会除援建1所便民桥（计划投资970万元）外，对西南五省/区/市旱灾受灾贫困农户发放每户2000元的救助款。在与我会签订的协议中规定：项目资助方将组织独立的监督委员会对项目的执行进行全过程监督，如果在抽样检查中，瞄不准比例超过1%，捐方可要求中国扶贫基金会按照抽样获得的超过1%部分缺损比例的30倍予以赔偿；项目完成日期为2010年11月30日，之后未发放到户的善款将由曹德旺曹晖父子收回。

对于双方的合作行为，特别是捐赠方曹德旺曹晖先生的一些"苛刻"要求并亲自监督善款使用，公众、媒体、学界及公益行业业界给予了高度关注，并引发了关于"公益组织的透明化制度化"、"公益组织'花钱'也需要'硬功夫'"、"公益机构的公信力"等议题的深度思考和讨论。曹德旺曹晖父子选择通过我会执行2亿元捐赠并亲自监督善款使用，被誉为开创了中国"慈善问责第一单"。

2010年5月25日，《21世纪经济导报》发表文章并直接冠以"曹德旺2亿元善款保卫战"的醒目标题。文章写道，作为"老牌资深"的捐赠人，曹德旺并没有轻易地信任扶贫基金会。"吃过太多亏"的他为求安心，为自己的巨额善款设计了全新的制度。

《中国第三部门观察报告（2011）》认为：这是一次非常专业的捐赠行为，捐赠人对捐赠方式、捐赠途径、捐赠时间、捐赠结果非常关注。

2010年11月20日，中国扶贫基金会如期完成对92150 户农户、每户

2000元、共计1.843亿元的救助资金拨付。受益农户覆盖了西南5省／直辖市／自治区的17县120个乡镇、761个行政村、5980个自然村。经外部评估机构抽样监测，瞄不准率0.85%，小于合同约定的1%。曹德旺先生对项目执行过程与结果表示满意。

附录三

中国扶贫基金会5·12汶川地震
抗震救灾工作数据

一、汶川地震捐赠收入和支出总述

2008年5月12日，我国四川省汶川发生里氏8.0级的特大地震，受灾人口1000多万。中国扶贫基金会快速响应，第一时间发起募款倡议、第一时间赶赴灾区，长期坚守在灾区，携手重建家园。

中国扶贫基金会汶川地震救灾款物统计方式包含"抗震救灾资金物资[1]"和"灾后援助专项资金[2]"两部分。

---

1. "抗震救灾资金物资"指的是在5·12汶川地震发生至2008年12月31日前我会接受并定向用于汶川地震灾区的捐赠款物。这些款物纳入了民政部统计，国家审计署跟踪审计。
2. "灾后援助专项资金"指的是我会于2008年后至2011年5月12日前接受并定向用于汶川地震灾区捐赠款物。

表一：中国扶贫基金会汶川地震捐赠收入、支出统计表

分　类	明　细	募集并支出的物资、资金总额/元
抗震救灾资金物资	抗震救灾资金	200,477,764.90
	抗震救灾物资	102,825,198.65
	小　计	303,302,963.55
灾后援助专项资金	灾后援助专项资金	184,005,876.84
合　计		487,308,840.39

中国扶贫基金会执行的物资发放、板房援建等20多个项目遍及四川、陕西和甘肃3个省23个（地级）市的83个县，项目受益超过274万人。

表二：中国扶贫基金会汶川地震抗震救灾募集资金及使用情况表

序号	项目分类	投入物资、资金/元
1	物资	102,825,198.65
2	物资采购	12,407,927.40
3	板房项目	25,126,352.12
4	卫生院建设项目	6,648,735.84
5	孤儿助养	15,929,536.88
6	助学项目	4,923,706.88
7	圆梦操场项目	15,984,000.00
8	小额信贷	16,375,945.37
9	永久性建筑项目	57,847,264.35
10	灾区心理项目	3,053,089.62
11	社区发展项目	5,263,798.00
12	NGO512行动论坛	1,376,910.00

续下表

接上表

序号	项目分类	投入物资、资金/元
13	信息扶贫项目	1,019,813.20
14	养老护理员培训项目	1,000,000.00
15	多背一公斤项目	200,000.00
16	加拿大商会定向项目	927,990.00
17	暖冬爱心包裹项目	1,001,300.00
18	沼气项目	328,000.00
19	其他小项目	1,378,703.26
20	NGO招标项目	4,672,000.00
21	营养餐项目	5,887,858.34
22	项目执行费	19,124,833.64
	合　计	303,302,963.55

表三：中国扶贫基金会汶川地震灾后援助专项资金使用情况表

序号	项目	投入资金/元
1	德阳市中江县稻花村小学	800,000.00
2	雅安市雨城区李坝小学	1,362,568.30
3	德阳市中江县儿童福利院	2,000,000.00
4	利乐德阳、绵阳百村百站项目	10,800,000.00
5	绵竹市民乐村卫生站	100,000.00
6	绵竹市民乐村老年活动中心	280,074.54
7	爱心包裹	138,536,200.00
8	营养餐	10,290,000.00
9	小额信贷	19,837,034.00
10	合　计	184,005,876.84

备注：灾后援助专项资金小额信贷投入资金中含达能集团自2009年开始提供的无息贷款1000万元，贷款期限为10年。

二、汶川地震抗震救灾资金物资分析

(一) 援助受益省份

序号	省份	资金/元	百分比
1	四川省	285,448,071.43	94.11%
2	陕西省	5,663,660.00	1.87%
3	甘肃省	3,263,280.00	1.08%
4	其他省份	8,928,000.00	2.94%
	合 计	303,303,011.43	100.00%

备注：受益省份中"其他省份"项的资金主要是2008年4月24日我会联合中央电视台启动的"圆梦操场"募集的定向资金；2008年5月12日汶川地震发生后，该项目将受益省份主要瞄准四川灾区，故该项目在地震前筹集的资金亦合并到抗震救灾数据中。

(二) 项目分类

序号	项目分类	收入/元	百分比
1	物资捐赠	102,825,198.65	33.90%
2	物资采购	12,407,927.40	4.09%
3	板房项目	25,126,352.12	8.28%
4	卫生院建设项目	6,648,735.84	2.19%
5	孤儿助养	15,929,536.88	5.25%
6	助学项目	4,923,706.88	1.62%
7	圆梦操场项目	15,984,000.00	5.27%
8	小额信贷	16,375,945.37	5.40%
9	永久性建筑项目	57,847,264.35	19.07%
10	灾区心理项目	3,053,089.62	1.01%
11	社区发展项目	5,263,798.00	1.74%
12	NGO512行动论坛	1,376,910.00	0.45%
13	信息扶贫项目	1,019,813.20	0.34%

续下表

众人的力量——中国扶贫基金会汶川地震救灾纪实

接上表

序号	项目分类	收入/元	百分比
14	养老护理员培训项目	1,000,000.00	0.33%
15	多背一公斤项目	200,000.00	0.07%
16	加拿大商会定向项目	927,990.00	0.31%
17	暖冬爱心包裹项目	1,001,300.00	0.33%
18	沼气项目	2,000,000.00	0.66%
19	其他小项目	1,378,703.26	0.45%
20	NGO招标项目	3,000,000.00	0.99%
21	营养餐项目	5,887,858.34	1.94%
22	项目执行费	19,124,833.64	6.31%
合计		303,302,963.55	100.00%

（三）抗震救灾资金捐赠来源地

类别	定向捐赠/元	非定向捐赠/元	小计	比例
大陆	120,671,355.03	69594021.19	190,265,376.22	94.91%
港澳台	5,398,196.29	129,203.71	5,527,400.00	2.76%
国外	3,291,756.15	1,393,232.53	4,684,988.68	2.34%
合计	129,361,307.47	71,116,457.43	200,477,764.90	100.00%

（四）抗震救灾资金捐赠人属性

类别	数量/笔	资金/元	占总资金比例
机构	2079	163,243,432.80	81.43%
个人	23053	37,234,332.10	18.57%
合计	25132	200477764.90	100.00%

（五）个人捐款数额分布

标准	数量/笔	资金/元	占个人捐款总资金比例
捐款≤100元	7250	566,006.75	1.52%
100元＜捐款≤1000元	11333	5,445,443.81	14.62%
1000元＜捐款≤10000元	4351	14,269,040.05	38.32%
捐款＞10000元	119	16,953,841.49	45.53%
合 计	23053	37,234,332.10	100.00%

（六） 机构捐款数额分布

标准	数量/笔	资金/元	占机构捐款总额比例
捐款≤1万元	1462	4,978,286.58	3.05%
1万元＜捐款≤10万元	484	19,784,166.60	12.12%
10万元＜捐款≤100万元	97	37,915,128.17	23.23%
捐款＞100万元	36	100,565,851.45	61.60%
合 计	2079	163,243,432.80	100.00%

附录四

社会评价

⊙2008年7月民政部关于认定中国扶贫基金会为具有救灾宗旨公募基金会的复函

⊙由于在抗震救灾工作中的突出表现，2008年12月中国扶贫基金会获得了民政部颁发的中华慈善奖

⊙2008年，中国扶贫基金会被国务院扶贫办评为办系统抗震救灾先进单位

⊙2008年7月初因在5.12抗震救灾中的突出表现，经国务院扶贫办推荐，中国扶贫基金会党支部被评为中央国家机关先进基层党组织，并受到表彰

向汶川地震捐赠者、志愿者致谢

三年前，一场突如其来的大地震成为人们心中永远的伤痛：山崩地裂，房倒屋塌，家园尽毁，痛失亲人……5.12汶川特大地震成为新中国成立以来破坏性最强、波及范围最广、灾害损失最重的地震灾害。

中国扶贫基金会，作为以扶贫、救灾为宗旨的公益组织之一，以最大的决心、最快的速度投入到可歌可泣的抗震救灾战斗中！承载着社会各界爱心，与灾区人民一道，共同掀开了波澜壮阔的灾后重建大幕！

紧急救援，我们第一时间赶赴灾区，在灾区同胞最困难的时刻，把一箱箱水、一份份食物、一件件衣物送到他们手中；过渡安置，为让惊魂未定的同胞得以安居生活，为让灾区孩子尽快入校复课，我们不舍昼夜赶修安置板房社区、学校，严格把控施工质量；灾后重建，组织实施基础建设、生计发展、青少年心理干预、爱心包裹、小额信贷等多项重建和援助工作，并组织召开"社会组织5.12行动论坛暨公益项目交流展示会"，总结大灾后在灾区开展项目的经验。

回望三年的历程，救援行动能够如此快速、大规模的展开，离不开社会各界强有力的支持。我们无法忘记，中外企业慷慨捐助，亲赴灾区，戮力同心；我们无法忘记，名人明星热情鼓励，鼎力支持，共同携手；我们无法忘记，当地政府全力以赴，同心协力，共克时艰；我们无法忘记，志愿者们的默默奉献，并肩战斗，风雨同舟……三年重建，我们众志成城，患难与共，见证灾区从废墟上雄起！

中国扶贫基金会对所有对我们寄以信任、期望、重托的捐赠个人、捐赠机构，对付出大量时间、精力提供无偿服务的志愿者，还有众多我们无法一一提及的人，致以衷心的感谢！您的无私支持是我们不竭的动力！您的善举让我们更有力量！

我们祈祷世界平安，灾难不再发生；我们祈祷人类幸福，远离悲伤与痛苦，但我们也随时准备着，当灾难来临的时刻，再次出发，与同胞一起，共担风雨，重建家园！

中国扶贫基金会会长 段应碧

2011年5月